集英社オレンジ文庫

さよならを言えないまま、1000回想う春がくる

分玉雨音

JN259059

Contents

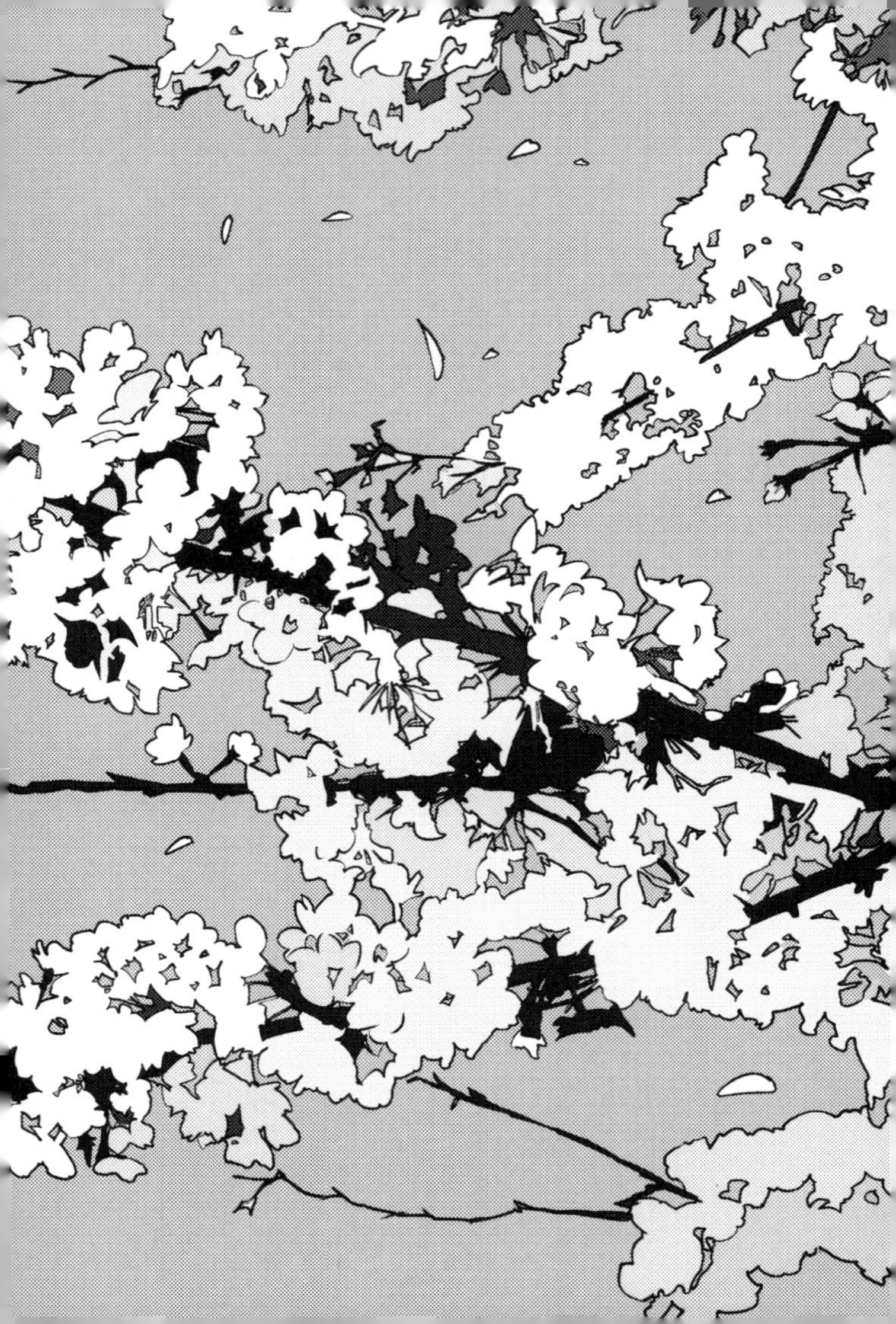

わたし、今生きてます

満開の千鳥ヶ淵
彼との一番の
思い出
わたしは全て
覚えている
なにを
言ってるんだい

慧さんもぼくも
ちゃんと
生きてるよ
面白い人だね
何度でも
何度でも
繰り返そう

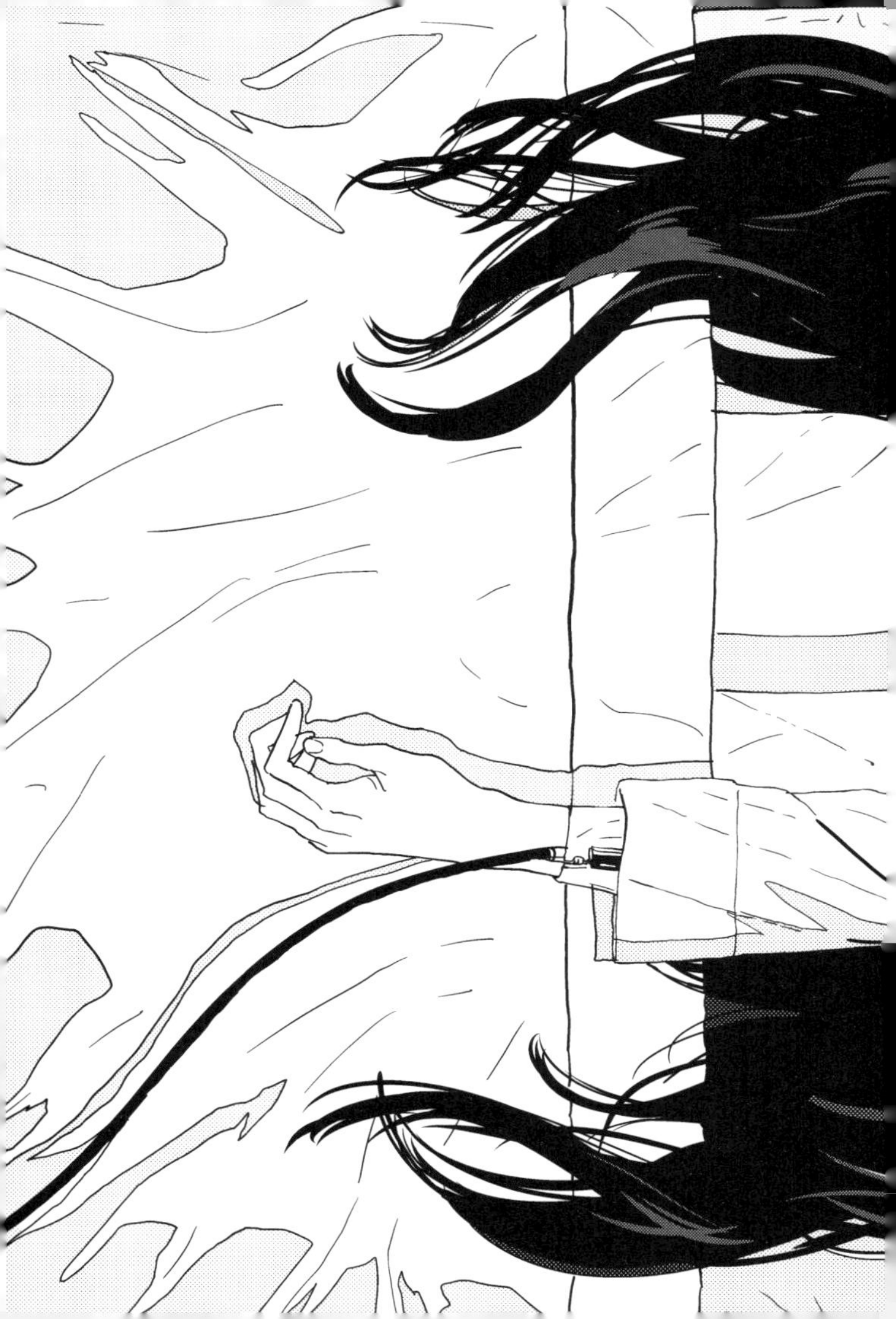

イラスト・漫画／焦茶

プロローグ

２０２２年４月２日　Ｙ大学医学部付属病院　Ｈ科　四〇一号室

「彼女は目を開けたまま寝ているんだ」

脳外科医・玉木恭一郎《たまききょういちろう》は病室のカーテンを開けながら言った。窓の外には住宅街が広がり、その向こうには桜色に染まった公園が見える。先週の寒《かん》の戻りが嘘《うそ》のようだ。抜けるような青空に、あたたかな日差し。川沿いの桜並木はすでに満開だ。

新人看護師が眉をひそめた。

「起きているようにしか見えませんが」

看護師の言う通り、一見、新川慧《あらかわけい》は目覚めている。長く伸びた黒髪の下で、切れ長の目が見開かれ、定期的に瞬《またた》きしている。しかし、その目はどこを見るともなく宙を眺《なが》めているだけだ。恭一郎がカーテンを開けたことで、外の光が室内に差し込んだが、気に留めるふうもない。

恭一郎は言った。

「正確には、寝てるというより、物思いにふけっているといったほうがいいかな。考えすぎると、ぼうっとしてしまうことがあるだろう？　あれと同じだ」

看護師がベッド脇のバインダーを取った。「カルテによると、丸三年この状態とありますよ。目が開いてるのは単なる反射で、意識はないのでは？」

「いや、いまは昼だからね。まず覚醒中《かくせい》だよ」

看護師が、信じられない、と言いたげに眉を上げた。

恭一郎は苦笑しながらベッド脇の脳波計をチェックして言った。

「うん。間違いない」

看護師は、慧のほっそりした鼻の先を軽くつついた。

「何の反応もないですが？」

「外界からの刺激には応《こた》えないんだ」

看護師が首をひねった。

「三年間も、いったい何を考えているんです？」

「思い出しているのさ」

「何をです？」

「わたしたちと同じだよ。以前観《み》た映画の内容、旅行先で見た風景、好きな食べ物の味。

彼女の場合、わたしたちよりはるかに細かく思い出せるんだ。起きているときの彼女に教えてもらったことがある。『一度観た映画は、頭の中でまるまる二時間、再上映できる』とね。おまけに、そのとき感じた感情もそのまま再現される」

「便利ですね」

「だが難点もある。彼女は一度経験したことを忘れることができないんだ」

「『死霊《しりょう》の盆踊り《ぼんおど》』みたいな映画も、ずっと頭の中に残るってことですか？　それは嫌かな」

「映画だけでなく、すべてをだよ。彼女は何もかも覚えているんだ」

「すごいですね」

看護師は言いながら、ベッド脇のテーブルを見て顔をしかめた。上には銀色の煎餅《せんべい》缶があった。大きさは一斗缶《いっとかん》の半分ほどか。その隣には、煎餅缶が入っていたと思しき小さな段ボール箱と、宅配便の伝票、プルタブの開いた缶コーヒーがあった。缶コーヒーの表面にはゴシック体で〝マックスブレンド〟とある。開けたのはいまさきほどらしく、かすかにコーヒーの香りが漂っていた。

看護師が片方の眉を上げた。

「まったく。また四〇二号室のコだわ。イタズラばっかりするんですよ。ええと、それで、この新川さんは、どうして目覚めなくなったんですか？」

「〝ループ〟だよ。記憶が暴走し、現実に戻る前に、また別の記憶の再生が始まる。かつては、一日に数分、閉じ込められる程度だったが、それが一時間、一日、一週間と伸び、いまは永久に記憶の中だ。過ぎ去った日々を、果てしなく繰り返しているんだ」

「それ、怖すぎますよ」看護師がつぶやいた。

恭一郎が彼女の隣のパイプ椅子《いす》に腰を下ろした。

「彼女を起こそうとあらゆる方法を試した。耳元で『レイジ・アゲインスト・ザ・マシーン』を大音量でかけた。舌の上にハバネロを乗せたこともあるし、電気ショックも試した」

看護師が恭一郎を見た。

恭一郎はあわてて笑った。

「もちろん冗談だよ」

「冗談、ですか？」と看護師。

「おいおい、変な噂《うわさ》をばらまかないでくれよ」彼は言いながら、カルテを取った。「いまはこの通り、脳神経の再生治療の真っ最中だ。いや、話が長くなりすぎたな。それより、どうしてわたしを呼んだんだ？」

「その機械が鳴ったんです。なので、申し送りに従ってお呼びしました」

看護師がモニターを指さした。

恭一郎は弾かれたようにして立ち上がると、モニターにつながったパソコンに手を伸ばした。履歴をチェックする。間違いない、およそ十分前に脳波に大きな乱れがあった。外界の何かに反応したのだ。一瞬だが、意識が深みから浅瀬に戻ってきた。

「通知音が出たときに、何か見たり聞いたりしなかったか？」

「見ました。さきほど申し上げた四〇二号室に来るイラズラっ子です。患者のお子さんなんですが、あのコ、ほかの患者に届いた小包みだのお菓子だのを、勝手に開けちゃうんです。通知音が聞こえたんで、覗《のぞ》きに来たら、わたしを押しのけて逃げていきました」

看護師が缶コーヒーを手に取った。

「賞味期限を半年も過ぎてる！　あのコ、お腹《なか》大丈夫かしら」

恭一郎はテーブルに近づくと、宅配便の伝票を確認した。送り主欄には〝金城華《かねしろはな》〟とある。煎餅缶を開けると、ガラクタがぎっしりと詰まっていた。映画の半券、落ち葉、『マッドマックス　怒りのデス・ロード』のＤＶＤ、チャックつきのビニール袋に入った桜の花びらの押し花と乾燥剤、破れたタオル。マックスブレンドの缶がもう二本。

恭一郎は、煎餅缶をいぶかしげににらんだ。慧から聞いた話を思い出した。

――これは彼女の〝キーボックス〟だ。

第一章

記憶

２０１７年10月１日　レンタルビデオショップ×××　Ｔ町店

消毒薬の強烈なにおいが鼻をついた。

体を起こそうとすると、全身のあちこちに痛みが走った。歯を食いしばる。口の中に鉄臭い味が広がった。必死に意識を集中し、右手を持ち上げる。右手首から肘《ひじ》にかけて包帯で覆《おお》われている。手の向こうに、真っ白な天井が目に入る。柔らかな光のＬＥＤ蛍光灯がクリーム色の壁を照らしている。顔を横に向けると、水色のカーテンが視界を遮《さえぎ》っていた。その向こうには扉があるらしい。おおぜいの人間があわただしく出入りする気配があった。

――また、この記憶だ。ベッドに横たわりながら、慧《けい》は思った。いや、いま現在はベッドになどいない。その自覚はある。Ｔ駅そばのレンタルビデオ店でバイト中なのだ。さきほど、返却されたＤＶＤをラックに戻していたとき、頬をラックの角にぶつけた。そのとき、口内が切れたのだ。〝血の鉄臭い味〟は、この記憶の〝キー〟だ。味を感じた瞬間、再生が始まったに違いない。

この記憶は深い。再生されると、過去の自分自身と完全に同化してしまう。もはや一種のタイムリープだ。

ベッドにいる過去の彼女は、激しいパニックに襲われている。現在の彼女はそのパニックの原因を知っているが、どうもできない。これはすでに起こったことであり、変えることは誰にもできない。痛み、哀《かな》しみ、混乱、怒り、すべてを再体験するしかない。

小学六年生のときの九月十二日、十二歳の慧が、何が起こったのかを思い出そうとした。両親と一緒に、祖父の十三回忌《き》に出たはずだ。北陸の田舎《いなか》、山に寄り添うように建つ、古びた寺にいた。空は暗く、一面黒雲に覆われていた。激しい雨が瓦《かわら》屋根に打ちつける音が響いている。彼女は軒《のき》下の隅《すみ》にあったベンチに腰を落ち着け、壊れかけた雨どいから漏《も》れ落ちる水滴を見つめていた。親戚はみな思い思いの場所に座り、暇を持て余している。法要は終わり、予約してある料亭に移動する時間なのだが、雨で道路の一部が通行止めになり、彼らを運ぶマイクロバスが来ないのだ。

地元に住む叔母《おば》の一人が本堂の軒先から外を見た。『いつになったら止むわけ？　もう一週間もお日様を見てないわ』とつぶやく。

慧の母親が、父を見て片方の眉を上げた。母親は前々から法事の時期をずらすように言っていたのだ。父親が謝るそぶりを見せた。だが、二人の間に流れる空気は悪くない。二人は、互いを愛し、思いやっている。母親には本気で非難する気などない。会話の糸口にしたいだけだ。

慧は、またいつものが始まった、と思いながら空を眺《なが》めた。父が母の機嫌をとり、母は悪くなっていない機嫌を直す。

風がさらに強くなったのか、山の木々の唸《うな》りが大きくなった。激しくざわめいている。雨の匂いに、焦げ臭いにおいと、湿った土のようなにおいが混ざった。

――なに？　慧は首をひねって周りを見た。ゴロゴロという雷《かみなり》のような音が響き始めた。座っていたベンチが揺れる。お堂の奥、本尊の背後から真っ黒な水のようなものが噴き出した。

泥？

どす黒い泥が壁を割って、流れ込んでくる。仏像が黒い波にのまれた。突き出した手が助けを求めるように沈んでいく。

過去の彼女が憶《おぼ》えているのはそこまでだった。

あとは暗闇《くらやみ》だけだ。

このあと、病室の扉が開く。現在の彼女は思った。

扉が開く音がした。

カーテンを開けて現れたのは叔父《おじ》だった。彼女の父親に似て瘦《や》せぎすの長身だ。長時間着ているのか、黒い礼服にしわが寄っていた。叔父の目の下には墨《すみ》を塗ったのかと思うほどの隈《くま》ができていた。かすかにタバコのにおいが漂う。

『慧ちゃん。起きていたのか』

『おじさん』話すと、唇がひきつった。どうやら、一部が縫《ぬ》い合わされているらしい。また血の味が広がる。

叔父が、来客用の丸椅子《まるいす》をベッドの横に置いて腰を下ろした。深いため息をつく。――父さんにそっくりだ。彼女は思った。父親も心労がたまっているとき、こんなふうに長いため息をつく。

叔父が言った。

『誰かから聞いたか？』

『何をです？』

『土砂崩れだ。慧ちゃんは重傷だ。右手と右足が折れてる。でも、命には別状ないらしいよ』

彼女は、どうにか舌を回した。

『お父さんとお母さんは?』

『いまは、傷を治そう。とにかくそれからだ』

『お父さんとお母さんは?』

叔父がまたため息をついた。

胸が苦しくなった。——このあとの言葉は聞きたくない。現在の彼女は思った。あとに続く叔父の言葉で、わたしは叩き落とされる。あの感情をもう一度感じることになる。

叔父がその言葉を口にした。

病室にいる慧の心が深みに沈んだ。底のない暗闇だ。どこまでも深い。体をヘドロのようなものが包み込む。息ができない。彼女はシーツを握りしめ、無意識のうちに唇を噛《か》みしめた。血がにじみ、鉄の味が口の中に広がっていく。

強烈な感情が呼び水となり、一つ目の〝キー〟が生まれた。〝鉄っぽい血の味〟は寄生植物のように記憶に絡みつき、食い込み、根を張った。

現在の慧は、過去の自分自身となり、〝鉄っぽい血の味〟を感じている。あらためて〝キー〟が作動した。〝キー〟が彼女を縛り、無理やり記憶の特定箇所に運んだ。到着したのは、ベッドの上でパニックに襲われているところだった。一連の記憶の始まりだ。病室の扉が開き、叔父が入ってくる。叔父が最悪の結果を告げ、彼女は唇を噛みしめる。血の味を感じ、またしてもパニック中の自身に戻った。

天井を見つめながら思った。今回は何回続くの？

かすかな匂いがした。コーヒーの香りだ。

叔父が扉を開けて入ってくる。

——コーヒー？　慧は思った。北陸総合病院の病室にコーヒーなんてなかった。これは、〝いま〟のわたしの鼻腔《びこう》に届いている感覚だ。彼女は嗅覚《きゅうかく》に意識を集中させた。叔父の口が動いている。あの決定的な言葉が出てくる。聞いちゃだめ、聞いちゃだめ。これは過去にすぎない。香りに集中しないと。

気がつくと、彼女は、バイト先であるレンタルビデオショップの店内を、接客カウンターの中から見つめていた。眼前の陳列棚の細い柱に、ぼんやりと現在の自分の顔が映っていた。奥二重の瞼《まぶた》に、少し重たげな黒髪。日中、あまり外に出ないせいか白すぎる肌。

棚には、店長がいまさら猛プッシュしている『プリズン・ブレイク』のシーズン1からシーズン4が並んでいる。意外だが、レンタル率はよかった。この店はいまどき珍しい個人経営の店だ。新作の入荷は少ないし、品ぞろえも悪い。だが、店長と常連の結びつきは固く、店長のおすすめ作品は、古い作品でもどんどんはける。

柱にかかった百円均一の時計が午前一時五十分を指していた。

「新川《あらかわ》さん？」

優しげな声が言った。

振り向くと、先週、Ｆ町店から異動してきた日野山空良《ひのやまそら》が缶コーヒーの〝マックスブレンド〟を片手に彼女を眺めていた。これも個人経営の店ならではだ。この店は勤務中の飲食に緩い。というか、店長自身がカウンターに立ちながら平気で駄菓子を食べる。そのせいか、店長は皇帝ペンギンのような体型だった。

――助かった。慧は思った。彼が缶コーヒーを飲んでくれていたおかげで、記憶のループにはまり込まずに済んだ。

安堵《あんど》しかけたとたん、叔父の言葉が頭をよぎった。『誰かから聞いたか？』また記憶が再生しかけている。胸の中に生じる喪失感《そうしつ》。

「新川さん？」

再び空良が心配げに言った。俳優のように鼻筋の通った顔立ちで、入って一週間と経《た》ってないのに、女性客の間で人気になっている。

慧はしゃがみこみ、カウンターの下に入れておいた自分のリュックを開いた。空になった魔法瓶《びん》があった。自分の頭をこづきたくなった。今日は事故の記憶以外にも何度かループしかけたせいで、すでに飲み干していたのだ。

空良の脇をすり抜け、小走りに店の外に出た。人気《ひとけ》は少ない。派手な電飾を施したビッグスクーターが一台、猛烈な速度で通りを走り去った。路側帯に積もった桜の枯れ葉を巻き上げる。T駅前交差点にいる交番の警官たちを挑発するかのようにエンジンをふかしまくっている。

彼女は店の脇にある自販機の前に立った。はやる心を抑え、財布から小銭を取り出す。

――早くコーヒーを飲まないと。

コーヒーは、数少ない〝平穏な記憶に紐《ひも》づけされたキー〟だ。

一年と二カ月二十二日前、店長からハリウッド版『50回目のファースト・キス』を薦《すす》められた。自分のアパートで、コーヒーを飲みながら観《み》た。震えるほどすばらしい作品だった。いや、実際に震えた。だから、〝キー〟が設定されたのだ。とくにヒロインが一日ですべての記憶をなくすというのがいい。以降、コーヒーを飲むと、脳内で半ば強制的に初鑑賞時の感動が再生される。

——早く飲んで、嫌な記憶の再生を止めないと。

百円玉を投入しようとして手を止めた。缶コーヒーが全種類売り切れだ。いちばん近い別の自販機は二百メートル先、古書店の駐車場にある。とても、そこまで行くゆとりはない。記憶はいまにも再生されようとしている。

彼女は店内にとって返すと、空良に頭を下げた。

緊張で口がうまく動かない。

「あの、日野山さん。お願いがあります。ぶしつけなのは百も承知なのですが、そのマックスブレンド、譲っていただけないでしょうか」

空良が缶から口を離した。

「慧さんさ。前も言ったけど、日野山じゃなくて、空良って呼んでよ。それにこっちが年下なんだから、敬語はやめない？」

「空良、さん」

空良が笑った。

「まあ、いまはそれでよしとするか」

彼が缶を自分の耳元で振った。眉をひそめる。

「ごめん。ほとんど空だ」

「いえ。そ、それでけっこうです」気持ち悪いと思われるだろうな。慧はガックリきた。いまのやりとりは、記憶の中で何度か繰り返すことになりそうだ。嫌な出来事は、たとえキー設定がなくとも頻繁《ひんぱん》に思い出す。ふつうの人間と同じ、何かに失敗したら、あとで振り返って落ち込むというだけなのだが、彼女の場合、完全な再体験になるので、落胆《らくたん》の衝撃はいつまでたっても和《やわ》らぐことがない。

「でも――」

事故の記憶が頭の隅をかすめた。もう一刻の猶予《ゆうよ》もない。

「失礼します！」慧は蚊《か》の鳴くような声で早口に言うと、缶を奪いとった。鼻先に当てて深呼吸を繰り返す。コーヒーの香りをかぐたびに、映画の記憶が近づく。幸せな記憶に紐づけされた〝キー〟は、恐ろしい記憶のそれに比べると、ずっと弱い。もどかしい綱引きのあと、ようやく再生が始まった。ドリュー・バリモアの笑顔とともに、心に感動が再現される。事故直後の記憶は彼方《かなた》に消えた。

現在、視神経の捉《とら》えている景色が、意識に入った。空良が複雑な表情で彼女を見つめている。

空良の表情が笑顔に変わった。瞳には心配げな色を浮かべているものの、それ以外は完璧な笑みだ。彼女は吸い込まれるように彼を見つめ返した。いま初めて気づいた、彼の瞳は黒ではなく薄茶色だ。

空良が穏やかな声で言う。

「よかった。慧さん、急に動かなくなるから。救急車を呼ぶところだったよ」

自分が置かれた状況が瞬時によみがえった。顔が真っ赤になるのがわかる。

「ほんとに申し訳ありません！　あの、わたしとんでもない真似を！　コーヒー代を！」

慧はジーンズのポケットから財布を取り出そうとした。手が滑り、財布が落ちて小銭が床一面に散らばる。

彼女は慌ててしゃがみこむと小銭を集めた。恥ずかしさのあまり、顔を上げることができない。空良はどんな顔をしているだろう。きっとあきれ顔だ。不気味がっているかもしれない。

視界に、その空良の顔が現れた。彼もしゃがんだのだ。

彼は笑顔だった。

「慧さんって、案外そそっかしいんだね」

そう言いながら、小銭を拾う。

「さ、どうぞ」

空良が差し出した小銭を、両手で受け取った。緊張のあまり、手が震える。慎重に財布に入れてから、コーヒー代を払い損ねたことに気づいた。あわてて顔を上げたが、彼はやってきた客の相手をしていた。

慧は暗い気持ちで、返却カゴを手にすると、陳列棚に客が返したDVDを戻し始めた。

――何が悪かったの。彼女は思った。店内でループ防止のコーヒーが切れたのは初めてじゃない。でも、まさか自販機のコーヒーが売り切れだなんて。とにかく、空良さんにお金を返さないと。

しかし、さきほどの醜態《しゅうたい》の記憶が彼女を縛った。足が動かない。

そうこうしている間に、時計の針は廻《まわ》り、午前二時を指した。

「閉めよっか？」空良があくびを嚙み殺しながら言った。

彼女は黙ったまま三度頷《うなず》いた。

二十分後、閉店作業を終えて、二人は裏口から外に出た。慧は鍵をかけると、郵便受けに放り込んだ。明朝、店長が出てきて、この鍵で店を開ける。

早く言わないと。彼女は焦った。お金を返します。その一言が出てこない。

「あのさ」空良が口を開き、彼女は青ざめた。——ああ、だめだ。コーヒー代ください、と言われる。空良さんも催促《さいそく》なんてしたくないに違いないのに。なんてことだ。

彼が続けた。

「好きなんだけど」

「はあ」

彼女は間の抜けた声を出した。何の話だろう。

空良が照れながら頭をかいた。

「だから、慧さんのことが好きなんだ」

慧は一瞬、固まったあと、頭を下げた。

「あ、その、ありがとうございます。わたしも日野山さんのことを尊敬してます」

——なんていい人なんだろう。彼女は思った。缶コーヒーのやりとりでわたしが自己嫌悪しているのを察してくれたのだ。いつかわたしも彼のように人を思いやれる人間になりたいものだ。

「尊敬？　違う違う！　ぼくの言う〝好き〟は女性として好きだって意味だよ」

「は？」

女性として？

慧は彼の顔を見つめた。ありていにいって〝イケメン〟だ。はっきりした目鼻立ちにきれいな肌。さぞかし女性にモテるだろう。

脳内の記憶を探る。彼女の中には、事故以降に見てきた他人の表情が何万パターンと記憶されている。集中すれば、そうしたパターンと眼前の人間の表情を突き合わせることができる。いま、目の前にいる空良の顔には嘘《うそ》があった。瞼の端《はし》がかすかにひきつり、頰《ほお》がこわばっている。事故直後の叔父の顔に似ている。何かを隠そうとしている。

ついている嘘、隠したい何か。

もちろん〝女性として好き〟という部分だろう。

慧は失望が顔に出るのを堪《こら》え、どうにか口を動かした。

「どうして、そんなことを言うんですか？」

「一目惚《ぼ》れ。先週ここに来て、慧さんを見た瞬間、好きになってた」

――よくもまあ。彼女はあきれた。何を考えてこんなことを言い始めたのだろうか。わたしを見た瞬間に好きになった？　彼は覚えていないようだが、わたしたちは初対面ではないのだ。一目惚れだというなら、以前、会ったときに恋していなくては理屈に合わない。

彼女はため息をついた。

「わたしより綺麗《きれい》な人はいくらでもいるでしょう？」

「ぼくには慧さんがいちばんだよ」

空良の顔には、相変わらず嘘の気配がある。

——尊敬していたのがバカみたい。

「こういうことをされると傷つきます」

「え？」

「冗談はやめてください」

彼はちょっとしたイタズラ程度に思っているのかもしれない。陰気な女をからかってやろう、と。

慧は湧きあがる怒りを必死で抑えた。感情を波立たせてはいけない！　強い気持ちは〝キー〟を生み出すきっかけになる。

空良が困ったような顔になった。

「いや、冗談じゃないんだけど」

「冗談です！」

思わず語気が強くなった。

彼女は踵《きびす》を返すと、駐輪場へ走った。店から五十メートルほど離れたところにある、雑居ビルの隙間《すきま》だ。ホームセンターで買った七千八百九十円の自転車がさみしく彼女を待っていた。

シートに落ちた落ち葉を払いながら思う。いまさら、傷つきはしない。こうしたからかいには何度も遭遇してきた。今日は勤務中にループにはまり込んだせいで、みっともない姿は存分に見せたはずだ。昼シフトの女の子たちとネタにするなら、あれで十分だろう。

三十分かけてアパートの近くについた。行きつけのコンビニで自転車を停《と》める。買うものはいつも、〝プリングルズ〟に〝コーラ〟と決めている。変化のなさが、平静な感情に、日々の平穏につながるのだ。

コーラの棚に手を伸ばそうとして、慧は凍りついた。雑誌棚の向こう、ガラス越しに一羽の烏《からす》が彼女を見つめていた。一瞬、記憶の中の存在かと思ったが、たしかにそこにいる。烏の周囲に、カップ麺《めん》の容器が散乱していた。若者の集団が店の前で食べ、ゴミをその場に残したらしい。烏がカア、と鳴いた。

手で耳をふさごうとしたが、遅かった。烏はさらに続けて二度鳴いた。

都合、三度の鳴き声。

記憶が容赦《ようしゃ》なく再生された。

☆　☆　☆

中学生の慧は、校舎裏の竹藪《たけやぶ》にいた。

竹の葉の絨毯《じゅうたん》の上に、慧のリュックサックが落ちていた。辺りには彼女の教科書やノートが散乱していた。その前で、同じクラスの大柄《おおがら》な男子が彼女をにらんでいた。彼の右手には国語の教科書があった。

『てめえ、まじかよ?』

――なに?　なんなの?　この人、なんで怒っているの?

慧は十分ほど前のことを思い出した。彼女が教室で自分のリュックを探していると、女子グループのリーダー、綱川早矢香《つなかわさやか》が取り巻きの女子たちに言った。

『ねえ聞いた？　最近、校舎裏にゴミを捨てる人がいるんだってさ』

取り巻きたちが、慧を見てクスクス笑った。

慧は歯を食いしばりながら、竹藪に向かった。

あのときは、いつもと同じ単純な嫌がらせだと思っていた。

男子が声を荒らげた。

『この教科書、こいつぁ、俺のだろうが！』

慧は男子が突き出した教科書を見つめた。裏表紙に汚い字で「あらかわけい」とある。

明らかに彼女の字ではない。

『あの、それ、わたしのじゃないです』

『あったりめえだ！』

男子がいきなり教科書で彼女の頬をはたいた。

彼女は思わずよろけた。

助けを求めようとあたりを見回したが、自身と男子のほかには誰もいない。

男子が彼女に詰め寄った。

『綱川に聞いたぜ、てめえ、親がいなくて貧乏らしいな。だからってよお！　人のもんに勝手に名前書いて、自分のもんにしようなんて、ありえねえ。俺がバカだからって、なめてんのか？　ああん？』

そういうことか。慧は後ずさりしながら思った。──早矢香は、この人の教科書も盗んだ。わたしの名前を書き、わたしのリュックに入れて、ここに置いた。そのうえでチクったのだ。

『誤解なんです！　わたしが盗んだなら、どうしてこんなところに置いておくんですか？』

彼女がそう言う前に、男子が教科書をくるりと丸め、彼女の腹部を突いた。息ができない。彼女は体を折り曲げ、地面に這いつくばった。腐《くさ》った土のにおいが鼻を衝《つ》く。頭のすぐ上で、男子が何か大声で叫んでいる。

どこかで鳥が鳴いた。一度、二度、三度。

☆　☆　☆

意識が〝現在〟に戻った。慧はコーラの棚の前で立ち尽くしていた。たったいま竹藪での出来事が起こったかのように、生々《なまなま》しい恐怖を感じていた。ガラスの向こうにいた鳥は、いつの間にか飛び去っていた。

——わたしの脳は何なの！

彼女は震える手で〝コーラ〟をカゴに放り込んだ。ふつうの人間なら、こんな出来事はとうの昔の話になっている。

——なのに、わたしの脳はいま現在の出来事として再現してしまう。いや、怒っちゃだめ、怒っちゃだめ。怒り、悲しみ、喜び、強い感情はすべて〝キー〟の元だ。これ以上〝キー〟を増やしちゃダメ。

レジに行くと、なじみの男性店員がいた。店員は彼女に会釈《えしやく》すると、カゴを受け取り、中身をレジに通した。商品の入った袋を差し出す。彼女は身をこわばらせながら受け取った。

——わたし、いつまでこの人に緊張してるわけ？　この人と会うのは三百四十七回目だ。なのに、竹藪の記憶のせいで、若い男性に向かい合うと体が硬くなる。

コンビニから自転車を押して自宅に帰った。住んでいるアパートは丘の頂上付近、急な斜面に張りつくように建っている。築五十年の木造モルタル二階建て。薄暗い一階角が慧の部屋だ。財布から鍵を出していると、頭上で切れかけた白熱灯がジジと鳴った。さびついた鍵を回す。扉を開けると、いきなりキッチンだ。日が差さないのでいつもジメついている。そのせいか床は、どれだけ拭《ふ》いてもベタッとしていた。

「ただいま」

彼女の声に静寂が応《こた》えた。

スリッパに履《は》き替えると、キッチン兼廊下を抜ける。六畳の和室の前でスリッパを脱ぐ。この和室が主室だが、物は少ない。テレビとＤＶＤプレイヤー、シンプルなクローゼット、メイクボックスと姿見で終わりだ。座布団すらない。ミニマリストというわけではない。物が多いと、余計な記憶が再生されるリスクが増えるのだ。

モスグリーンのカーテンとサッシ戸を開けて腰を落とす。携帯をチェックすると、三時十分だった。

見晴らしは最高だ。斜面に沿って、住宅が並んでいる。家々の窓は、こんな深夜でもちらほら灯《とも》っている。電車はとっくに終電だが、国道のほうは途切れることなく運送トラックが行き来していた。暴走族か、ときおりバイクのけたたましい爆音が響く。それに続くパトカーのサイレン。国道の向こうで、また次の丘が始まり、家々が連なっている。こちらの丘の頂上には資源循環局のゴミ焼却場があり、巨大な煙突が闇夜にそびえていた。煙突の頂点付近で、航空障害灯が数秒おきに点《つ》いたり消えたりしていた。

慧は買ったばかりのコーラに口をつけた。――美味《おい》しい。少しずつ心が落ち着いていく。軽くストレッチしてからシャワーを浴びた。押し入れから、半ばせんべいになった布団を出して畳《たたみ》に敷き、頭までもぐりこむ。

眠りにおち、記憶の再生が始まった。彼女は一般的な形での夢を見ない。どういう理屈なのか、夢の代わりに記憶が再生されるのだ。

この日、再生されたのは、日野山空良の記憶だった。

☆　☆　☆

店長が太鼓腹《たいこばら》をさすりながら、空良の横に立った。

『F町店にいた日野山空良くんだ。今日からこっちに来てもらう。よかったな、みんな。これでまともなシフトを組めるようになるぞ』

店長が手にした書類束で汗のにじむ額《ひたい》をあおいだ。一瞬、書類の表面が見えた。慧は、半ば無意識に集中していた。

集中すると、ただでさえ異常な記憶力がさらに向上し、精密なカメラのように目に入る何もかもを正確に記録してしまう。

彼女は、一時停止した光景の中、書類を読み取っていた。一枚目は空良の履歴書らしい。年齢は十八、出身は関西、保証人は叔父――。

空良が頭を下げた。彼の顔を見た瞬間、彼女は過去に七度会ったことのある人物だと気づいた。もっとも、下の名はいま初めて知った。空良、彼にぴったりだ。

『日野山空良です。よろしくお願いします。空良って呼んでください』

壁の時計は十六時半を指していた。昼シフト、夜シフトの交代時間であることに加え、店長が空良の紹介のためにシフトを調整していたので、人数がそろっている。といっても、所詮《しょせん》は二店舗だけの個人店だ。このT町店は、店長自身がシフトのかなりを埋めるので、バイトは慧、空良を含めて四人しかいない。あとはピンチの時だけ来る店長の弟がいるが、今日は不在だ。

金城華《かねしろはな》が手を上げた。某《ぼう》有名私立高校の二年生。化粧映《ば》えする派手な美人で、店長のお気に入りだ。住んでいるのは、このビデオ店から数百メートルしか離れていないタワーマンションの最上階だ。本来、金を稼ぐ必要などないお嬢様だが、知り合いだった店長に乞《こ》われてバイトに入っている。このご時世、パッとしないレンタルビデオ店が人員を確保するのはなかなかに難しい。華や空良のように華やかなタイプとなればなおさらだ。

『空良さんは彼女いるんですかー?』

華が甲高い声で言った。彼女の声を聞くと、慧は中学校時代に自分をいじめていた綱川早矢香を思い出してしまう。二人の声はそっくりだ。

『おいおい!』

華の隣に立っていた、今津紗栄子《いまづさえこ》が彼女の肩をこづいた。華の同級生で、物おじしない性格。少々ぽっちゃり。社会人の彼氏がいる。

空良が笑った。

『気になっている人はいます』

――もちろんそうよね。慧は、わずかなりとも自分が落ち込んだことに驚いた。

『えー!』

華と紗栄子が大げさに天をあおいだ。

店長が笑った。

『紗栄子くんには彼氏がいるんだろう?』

紗栄子が言った。

『イケメンは別!　それで、気になっている人って、誰?　ひょっとしてあたしですか?』

『かもしれないね』

空良が言いながら、ちらりと慧を見た。

——助けてほしいということかしら?　こういう会話に入っていくのは苦手だが、困っている人を見過ごすこともできない。

空良の視線に気づいたのか、紗栄子が言った。

『おーい!　空良さん、まさかジミー先輩じゃないっすよね?　たしかに素材は悪かないけど、だまされちゃダメ!　知らないかもしれないけど、この人、めっちゃ危ないんですよ。すぐにあっちの世界にいっちゃうし、ストーカーかと思うくらいに細かいところまで観察してるし。それに、異常なほどなんでも覚えてるんです。こないだなんて、うちがお客さんにおすすめの映画を紹介していたら、いきなり、「アウトサイダー」を観てください!　って叫ぶんですよ。怖くないっすか?』

慧は小声で言った。

『でも、あのお客さんはマット・ディロンの作品を観たがっていたのに、マット・デイモンの作品を薦めるのは――』

『二人とも』

店長がたしなめた。

空良があいまいに笑った。

『記憶力がすごいの？　うらやましいな。ぼくは忘れっぽいから』

☆　☆　☆

慧は布団の中で目を開いた。天井からぶら下がる電灯の傘が、暗がりにシルエットとなって浮かんでいた。

〝忘れっぽいから〟空良の言葉をもう一度再生する。

――その通りだ。わたしが言うのは何だけれど、忘れっぽいにもほどがある。わたしと彼は、彼がバイトに入る前に七度も会っているのだ。ふつうは、一度分くらいは覚えているものだ。

☆　☆　☆

一度目は、三年前、八景島《はっけいじま》の近くだった。慧は大学病院での定期検診を終えて、駅に向かっていた。

路肩の桜並木は、植樹されたばかりらしく、幹も枝も細く、つける花は少なかった。霧《きり》雨《さめ》が、花びらを濡《ぬ》らしていた。

向かいから青い傘が近づいてきた。歩道は狭い。彼女は自分の傘がぶつからないよう、傘を持つ手を上げた。同じタイミングで、青い傘が上に動いた。彼女は傘を下に動かした。青い傘も下に動く。彼女が思いきってそのまま進んだ。きっと向こうは上に動かす。ところが、先方もそのままの高さで来た。立ち止まろうとしたが間に合わなかった。傘同士がぶつかり、彼女の傘が手から離れた。風が傘を車道に飛ばし、通りがかったダンプカーが容赦なく踏みつぶして走り去った。雨が彼女の顔に吹きつける。

『も、申し訳ありません！』と、慧。

『すみません！』先方も頭を下げた。彼女より二、三歳若い男だった。彼女は思わず身をすくめた。若い男は苦手なのだ。

彼が顔を上げ、瞳が彼女を捉えた。

雨が二人を濡らしていく。

海が近いせいか、雨粒から潮《しお》の匂いがした。遠く、波の音が聞こえた。

不思議と心地よかった。相手は若い男性だというのに恐怖はなかった。ただ、穏やかな時間が流れていた。言葉は出なかった。何か言うと、このひとときが壊れるような気がした。

すぐ横の車道を、大型ダンプカーが通り過ぎた。

男が犬のようにぶるりと震えた。

『どうぞ！』そう言って傘を押しつけてきた。慧は反射的に受け取った。

『ありがとうございます』

男は、何か言いたげだったが、腕時計を確認して首を横に振った。『それじゃあ』とだけつぶやくと、名残惜しそうに何度か振りかえりながら立ち去った。

☆　☆　☆

二度目は、それから三カ月後だった。

横浜《よこはま》駅から京急《けいきゅう》に乗り込むと、すぐ隣から『あれ？』と男の声がした。慧がびくつきながら顔を向けると、以前、傘を押しつけた彼が立っていた。前回と同じ長袖《そで》の開襟《かいきん》シャツ姿だ。彼は、慧の握っている傘を指した。

『その傘、ぼくのだ』彼が傘の柄《え》に顔を寄せた。『ほら、名前が書いてある。日野山って』

彼女はどうにかうなずいた。

『はい。前に日野山さんに貸していただいたものです。お返ししたかったんですが、ご連絡先がわからなかったので。す、すみません！』

彼が言った。

『いいよいいよ。その傘のことは、いまのいままで記憶から飛んでたからさ。君にあげるよ』

『そ、そういうわけには』

『大丈夫。ほら、新しい傘もあるし』

男性の手には、彼女が持っているのとそっくりな青い傘があった。柄には、やはり〝日野山〟と書いたシールが貼ってあった。

会話はそこで止まった。だが、気まずい沈黙ではなかった。

電車が上大岡《かみおおおか》駅に停まったところで、とつぜん彼が『この路線じゃなかった！』と叫んで車両から飛び出した。

彼女が追いかける間もなく扉は閉まった。

☆　☆　☆

三度目は、それから九カ月後だった。横浜駅の雑踏の中、慧は彼を見た。周りから頭一つ抜けた長身に、癖のある髪。目が合った。彼が会釈した。だが、彼女に話しかけることなく去った。途中、彼は一度だけ振り向いた。彼女を見つめ、彼は微笑《ほほえ》んでから歩いていった。

☆　☆　☆

残り四度も、いずれも雑踏の中だった。空良はいつも慧に目を留める。だが、話しかけてくることはなかった。そのたびに彼女は思った。――わたしのことを忘れてしまったのか。それとも急いでいただけなのか。

☆　☆　☆

いまは、忘れていただけだとわかる。

バイト先に現れた空良は、こちらを覚えている様子がなかった。まあ、よくあることだ。慧は相手の言動を細かに覚えているのに、相手はこちらのことをすっかり忘れているのだ。

彼女は一抹《いちまつ》のさみしさを感じながら、目を閉じた。

今日の空良の記憶が、もう一度再生された。慧は夢の中でもう一度店舗を閉めて、自転車で帰った。自転車で国道一号線を走っていると、ダンプカーが彼女の横を、轟音《ごうおん》を立てながら追い越していった。すると〝大型車が通る〟という点が刺激となり、空良と初めて会ったときの記憶がよみがえった。彼と見つめ合っている中、雨に含まれる潮の香りを感じた。塩気が、ずっと昔、家族で行った海水浴の記憶を呼び覚ました。

慧は、ある程度は記憶をコントロールできるが、眠っているときは別だ。記憶が記憶を呼び続ける。

彼女は、亡くなった家族と海水浴を楽しんだあと、大人の自分に戻り、スーパーで濃縮還元のオレンジジュースを買った。その後、また、幼児に戻ってコタツに入りながら、母親がむいてくれたミカンを食べた。ミカンの汁が飛んでコタツ布団にシミを作った。

２０１７年10月２日　レンタルビデオショップ×××　Ｔ町店

翌朝、慧は爽快《そうかい》な気分で目を覚ました。睡眠中に恐ろしい記憶が再生されなかったのは百十五日ぶりだった。

顔を洗い、米を炊《た》く。家の中全体をクリーナーシートで拭く。洗濯機を回し、ベランダで干していると、炊飯器が鳴った。手早く味噌汁《みそしる》を作り、白米は納豆でいただく。

スマホで予定を確認する。この日は夕方からのシフトだった。時間がある。彼女は仕事用のリュックを開くと、映画のＤＶＤの束を取り出した。これが、レンタルビデオ店でバイトする理由だ。店員はただでＤＶＤを借りることができる。

慧が映画を好むのには理由があった。彼女は〝キー〟の生成をふせぐため、感情を抑えながら日々を生きている。だが、同時に感情に飢《う》えてもいる。気持ちを抑え込んで生きるのは苦しい。だから、映画を観る。映画の登場人物を通し、疑似的に感情を表に出すのだ。それに、映画の記憶が増えれば増えるほど、過去の嫌な記憶を隅に押しやれる気がした。

『恋する惑星』『美女と野獣《やじゅう》』『マイ・フレンド・フォーエバー』の三本を見たところで、出勤時刻が来た。いつもと同じように自転車で店に向かう。「おはようございます」と言いながら、裏口から入る。

カウンターの中に、空良と華がいた。二人とも慧には気づいていない。

華が空良の背中を親しげに叩いた。

「ねえ！　空良さん、いつになったらデートしてくれるんですか？」

彼女は今日もばっちりメイクをきめている。いや、いつも以上に盛っているようだ。

「デート？」彼が首を傾《かし》げた。

「ほら、こないだ言ってたじゃないですか。気になっている人がいるって」

「言ったっけ？」

「言いました！　それで、考えてみたんですけど、あれってやっぱりあたしですよね？」

「そうなの？」

「だって、紗栄子には彼氏がいるし、ジミー先輩は論外だし。てことは、消去法であたし？」

　空良が申し訳なさげに頭を下げた。

「いや、ごめん。ノリで言っただけなんだよ。こんな人数の少ないバイト先で惚れた腫《は》れたをしたら、みんなに迷惑をかけちゃうからさ」

「えええ？　じゃあ、あたしのことは？」

「それはもちろん、素敵なバイト仲間だよ」

　華がふくれた。

「せめて、可愛《かわい》いバイト仲間だよって、言ってくださいよ」

「可愛いバイト仲間だよ」

「じゃあ、付き合ってください」

　慧は唾《つば》を飲んだ。彼はなんと答えるのだろうか。

　空良が頭をかいた。

「いやいや。そもそも、君、ぼくのこと好きじゃないよね？」

「え？　好きですよ」

「会ってからまだ一週間も経ってないじゃないか」

　昨日、〝一目惚れ〟と言った人間の言葉とは思えない。

「恋に時間は関係ないんですよ」と華。

「あるある。そもそも、ぼくのどこがいいのさ」

「イケメン、優しい性格、満点です！」

　空良が頭を下げた。

「ありがとう。でも、やっぱり付き合えないよ」

「そこをなんとか！」

「だめ」空良は軽く笑いながら、華の頭をなでた。

「どうしても？」

「どうしても」

「でも？」

「〝でも〟はない」空良が笑った。「粘り腰だね」

華が目元をぬぐいながら笑った。

「あたし、あきらめが悪いタイプなんで！」

「ぼくも好きな相手がいるから、そう言われても――」

華は言動以上に本気だ。記憶の中の幾多《いくた》の表情と突き合わせればわかる。断られて傷つき、落ち込んでいるのは、本気で彼を好きだからこそだ。

慧は息を吐いた。これ以上、陳列棚の陰《かげ》に隠れているのもバカらしい。

「おはようございます」

さも、いま入ってきたばかりというふうに裏口の扉を後ろ手に強く閉める。

「あ、ジミー先輩」華が言った。

「ちーっす」ちょうど、紗栄子も二階から降りてきた。

慧は頭を下げながら、カウンターを回り込み、レジ台の下を探った。対強盗用の木刀をよけると、紺色のエプロンを取った。これが店のユニフォームだ。

華が慧のパーカーをつついた。

「ジミー先輩、いつにもまして地味～」

慧は華の顔を見た。いつもと変わりない。昨日の出来事を聞いたなら、もっと派手な反応をするはずだ。ということは、空良は彼女たちに話さなかったのか。

空良が手を振る。

「慧さん、おはよう！」

なんの屈託《くったく》もない笑顔だ。昨日、あんなからかい方をしてきた人間とは思えない。

彼女はぎこちなく笑顔を返した。

——彼、二重人格かなにかなの？


十八時十三分、昼シフトの紗栄子と店長が退勤し、慧、空良、華の三人になった。

十九時、客足が増えた。帰宅中のサラリーマンやＯＬが次々に入ってくる。おかげで、二人と私語を交わす必要がなかった。三人は客をさばき、隙を見つけてはＤＶＤを陳列棚に戻した。

二十一時、少しずつ客足が落ち着いてくる。慧は陳列棚の隙間から、華と話す空良を見つめた。華の肩を叩きながら楽しそうに笑っている。彼の笑顔には他人を引き込む引力がある。華も目を輝かせながら彼を見ていた。

――なんて、ちゃらい男なのかしら。慧は手にしていた『ドニー・ダーコ』のパッケージを握った。女ならば誰でもいいのだろうか。昨日は冗談で慧に告白し、今日は華といい雰囲気だ。手に力が入りすぎたのか、パッケージが開いた。驚いた拍子によろけてしまい、棚で背中を打った。

とつぜん、記憶が再生された。彼女は中学校の教室にいた。中学二年生のときの十月二十日《はつか》だ。

――しまった！　現在の慧は頭の隅で思った。〝棚で背中を打つ〟、〝キー〟の一つだ。記憶の中、中学のクラスメイトの綱川早矢香が彼女に向かってきた。すれ違いざま、早矢香が肩を彼女にぶつけた。

☆　☆　☆

ことのはじまりは、この日の午後だった。慧がトイレから戻ると、親友の染谷友梨佳《そめやゆりか》が涙をためながら自分の机の天板を雑巾でこすっていた。

『どうしたの？』駆け寄って状況がわかった。友梨佳の机は落書きだらけだった。卑猥《ひわい》な絵や言葉が所狭しと描かれている。友梨佳が必死で消そうとするものの、なかなか落ちない。

女子の半数がクスクスと笑っていた。

慧はトイレに引き返すと、自分のハンカチを濡らして友梨佳のもとに戻った。一緒に机をこする。消えない。油性ペンだ。

女子の一人が言った。

『ねえ、二人して、どうかしたのお？』

ドッと笑いが起きた。友梨佳の目から涙がこぼれた。

慧は拳《こぶし》を握った。

――わたしに対する嫌がらせは構わない。記憶のこともあって、みなの輪に溶け込むことができないから、仕方ないかもしれない。でも、そんなわたしを唯一受け入れてくれた友梨佳にまでこんなことをするなんて。

――怖い。でも、そんなことを言ってる場合じゃない。友梨佳のためにも、ここで終わらせないと。

彼女は言った。

『誰がやったの？』

場が静まり返った。

クラスメイトの様子を俯瞰《ふかん》するように眺める。もちろん、誰も、自分がやった、とは答えない。彼女も誰が犯人なのか見抜けない。

まもなく五時間目の授業が始まった。国語だ。慧は黒板から目を離すと、教科書で顔を隠し、さきほどの記憶を繰り返し再生した。『誰がやったの？』そう言った瞬間のクラスメイト一人一人の様子を観察する。

このころにはすでに表情を記憶と照合することで、ある程度の心理をつかめるようになっていた。当然というべきか、顔に反応が出たのは、前々から彼女に嫌がらせを続けていた綱川早矢香だった。

国語教師の田之上《たのがみ》が、太宰治《だざいおさむ》を読み上げているさなか、慧は立ち上がった。学年主任でもある田之上が『どうした？』といぶかしげな声をかけた。

慧は唾を飲み込んだ。思わず立ってしまった。

『大丈夫か？』と、田之上。

慧は首を横に振った。

ちらりと早矢香を見る。

早矢香も彼女を見た。ものすごい目でにらみつけてくる。

早矢香が言った。

『座んなさいよ、あんた』

慧は、また首を横に振った。生徒たちがざわつき始めた。

田之上が早矢香に言った。『綱川、お前、何か知っとるのか?』

早矢香が引きつった笑みを浮かべた。

『はあ? 知るわけないし!』

田之上は『そうか』と言うと、授業を自習にし、すぐに二人を別室に連れていった。慧は覚悟を決め、これまでの早矢香からの嫌がらせを話した。竹藪でのことに話が及んだところで、早矢香が『でたらめばっか言うんじゃねえよ!』と怒鳴りながら踵を返した。肩を慧にぶつけ、部屋を飛び出す。慧はよろけ、書架で背中を打った。

☆ ☆ ☆

意識が現在のレンタルビデオ店に戻った。

陰鬱《いんうつ》な気分が波のように押し寄せる。

結局、あの教室での出来事はいい結果をもたらしたとは言い難かった。田之上は、事なかれ主義の教師ではなかった。当日の放課後には、クラスの全生徒に聞き取りが行われた。早矢香と取り巻きは、すべてが慧の妄想だと主張したが、そんな訴えが認められるはずもなかった。慧や友梨佳以外の被害者も声をあげ、騒ぎはどんどん拡大した。早矢香ら、いじめっこの親が無実を訴えて校長室にまで乗り込んだ。校長が一喝《いっかつ》し、内申への脅しをかけたことで、ようやく早矢香らも認識を改めた。以降、慧はクラスで腫れ物扱いされることになったが、露骨な嫌がらせはなくなった。ここまではよかった。友梨佳の親が事態にショックを受け、彼女を無理やり転校させるまでは。

慧は、いまだに自分が違った行動をしていれば、よりよい結果があったのではないかと考えてしまう。とくに、こうして過去を再生した直後は。

彼女は、息を吐きながらＤＶＤのパッケージを閉じた。――人は後悔する生き物だというけど、わたしはあまりにも後悔が多すぎる。ふつうにしていても、ほかの人をはるかに超える頻度《ひんど》で過去の失敗を思い出すうえ、そのうちいくつかは〝キー〟が設定されて、無理やりに始まりから終わりまで再体験させられる。

慧が〝キー〟の特性を理解したのは、現在の主治医にかかるようになってからだ。それまでは、感情と〝キー〟のつながりに気づけず、野放図に〝キー〟を増やしてしまっていた。

——とにかく、今後は感情の振れ幅を小さくしないと。後悔が少なくなるよう、周りの人にはできる限り親切にする。世間のマナーを守る。人として正直に生きる。

そう考えた矢先、棚の隙間を通して、こちらに向かって微笑む空良と目が合った。手を振っている。彼女は、思わず笑みを返しそうになり、あわててにらみつけた。彼はからかっているのだ。

「空良さんって、優しいんですね」華が言った。「ジミー先輩にもわけ隔《へだ》てないし。やっぱり、あたしの理想の男性です」

彼が穏やかな声で言った。

「ありがとう。でも、ゴメンね。前も言ったけど気になる人がいるからさ。告白して返事待ちなんだ」

「そんなあ！　空良さんからコクられて断る人なんていないじゃないですか！」

「どうかなあ。それじゃあ、本人に聞いてみようかな」空良がカウンターから体を乗り出した。「慧さん、どう？」

——いったい何を考えてるの？　慧は唾を飲み込んだ。

「冗談、ですよね？」

「冗談じゃないって。ぼくは慧さんが好きなんだよ」

いや、違う。彼の表情には何かが隠れている。

「ジミー先輩」華が言った。「嘘ですよね？」

「はい、嘘です。空良さんの冗談です」

慧の言葉に、華が息を吐いた。

「よかった。心臓が止まりましたよ」

空良は不満げに二人をにらんだが、それ以上は何も言わなかった。


「どういうつもりなんですか？」

この日は客がよく入った。あわただしい時間が過ぎ、〇時を回ってようやく一息ついた。

空良はカウンターでレジをチェックし、慧はその隣で日報をつけていた。いまがチャンス、そう思い、彼女は質問をぶつけた。

空良がレジの札を数えながら言った。

「なにが?」

「この嫌がらせです。どうしてわたしを好きだなんて言うんですか?」

彼が手を止めた。千円札の束を脇によける。

優しげな笑みを浮かべて言う。

「本当に好きだからだよ」

嘘だろうとわかっていても心臓が止まりそうになる。

「馬鹿《ばか》なこと言わないでください。あなたがこちらに来るようになって一週間にもならないんですよ。どうやってわたしを好きになるんです?」

空良が手で側頭部をかいた。柔らかそうな髪の毛が一本肩に落ちる。

「好きになるのに、時間は関係ないだろ?」

慧は手を胸に当てたくなるのを、どうにか堪えた。

唇を嚙みながら考える。

——時間は関係ない？　嘘だ。もし一目惚れだというなら、〝本当の初対面〟のときに惚れてしかるべきだ。しかし、彼は二度目に会ったとき、すでにわたしを忘れていた。

彼女は小さく深呼吸して言った。

「本当に一目惚れだと？」

「いけないいかな？」

「ええ。華さんのほうが、わたしよりずっと綺麗じゃないですか」

「慧さんも美人だよ」

暖簾《のれん》に腕押しだ。彼女は息を吐いた。

「空良さん、なにを隠してるんです？」

「隠す？」

「わたし、特技があるんです。信じてもらえないかもしれませんが、話している相手の顔を見れば、相手の感情がわかるんです」

空良が笑った。

「奇遇だな。ぼくもそうなんだよ。というより、世の中の人、みんなそうだと思うけど」

「茶化さないでください。日野山さん、たしかにわたしを気に入ってはいるみたいですけど、好きとかそういうのではないんでしょう？」

　彼がまた頭をかいた。

「ぼくは、この気持ちが〝好き〟だと思うんだけどな。慧さんは何だと思うわけ？」

　慧は意を決すると、改めて空良を見据《みす》えた。彼も真顔でこちらをまっすぐ見つめてくる。薄茶色の瞳が、まっすぐに刺してくる。

　自分の顔が真っ赤に火照《ほて》るのがわかった。それでも視線はそらさなかった。頭痛がするほど集中する。膨大な記憶をさぐり、これまでに見た無数の人々の無数の表情を目の前の彼とつきあわせる。

　言葉を振り絞った。

「からかい、ではないみたいですね。なんだろう、空良さんの気持ち、よくわからないです」

　――これはなに？　期待、好奇心、緊張、それに〝ためらい〟？

　空良が真顔のまま言った。

「だから、〝好き〟なんだよ」

「違います。あなたは、その、わたしに〝興味〟があるだけ」

「それが〝好き〟じゃないの？　違うなら、慧さんのいう〝好き〟って、どんなの？」

「あ、相手のことを思いやって、病気の時は看病してあげて、年を取っても一緒にいること、かな」

　空良が笑った。

「それは結婚の誓いだ」

　彼女は唇を噛むと、返却カゴに手を伸ばした。見えていたＤＶＤの一枚を手に取る。

「〝好き〟ってのは、この映画みたいなことをいうんです」

「『エターナル・サンシャイン』？　ぼく、この映画苦手なんだよな。ヒロインと主人公が記憶をなくすけど、再会したらまた恋に落ちる？　運命の恋人を表現したいんだろうけど、ご都合主義すぎるっていうか」

「わたしはそうは思いませんでした」

「だって、考えてよ。世の中には四十億人の女性がいるんだよ。たまたま出会った一人が運命の相手だなんてありえるかな？」

「なら。これは？」

　慧は陳列棚まで行くと、『クラウド　アトラス』を取った。

「訳のわからない映画だったなあ」と、空良。

「ええ？」

慧が言った。


「ですから、ソフィア・コッポラが言いたいのはですね」

空良が手を上げて、彼女の言葉を遮った。

「なんです？」と慧。

彼は時計を指した。二時五十分。閉店時間を五十分も過ぎてる。

「今日はこのへんにしようか？」

「そうですね」

慧はうなずいた。

「慧さんって、意外とおしゃべりだったんだ」

「え？」

「映画の話だと、ここまでイキイキするんだね」

彼女は顔を真っ赤にしてうつむいた。

２０１７年10月６日　レンタルビデオショップ×××　Ｔ町店

夕刻、一人の客が来た。老人だ。八十は越えていそうだが、足腰はしっかりしている。小粋《こいき》な茶色いスーツをまとい、高そうなステッキを手にしている。

老人の姿が見えるや、カウンターにいた華が声をひそめて空良に言った。

「空良さん、一緒に休憩入りましょ！　あのおじいちゃんにつかまると面倒なんですよ」

慧と一緒に陳列棚の整理をしていた店長や紗栄子も辟易《へきえき》した顔だ。

老人は何かを探すかのようにキョロキョロしている。

慧は頷くと、老人のもとに向かった。

背後から華の声が聞こえた。

「ジミー先輩、まーた行った。お人よしもあそこまで行くと怖いですね」

空良の声が言う。

「声が大きいよ」

「大丈夫。おじいちゃん、耳が遠いから」

わたしには聞こえているよ、と慧は思った。

老人は慧が来ると、満面の笑みを浮かべた。

「おお！　愛子《あいこ》さん、ここにおったのか？」

「愛子さんはあなたの奥さんでしょう？　わたしは慧です」

「おや、そうか。あんたは愛子さんによく似ているんでな。うっかり間違えてしまった。小さな頭に、きめ細やかで真っ白な肌、瞼は奥二重でしゅっとしとる。わしが彼女に出会ったのは――」

「また亡くなった奥さんの話だ」華の声が聞こえる。「もう百回は同じ話してますよ」

「百回？」と、空良の声。

「ジミー先輩、よくやりますよ」

「よっぽど優しいんだね」

慧が横目で見ると、華はムッとした表情でにらみ返し、空良は何ともいえない目で彼女を見つめていた。〝感心〟に〝好奇心〟それに、よくわからない感情だ。いままで誰もこんな感情を彼女に向けたことはない――いや、ある。空良だ。過去七度、空良と会ったとき、彼はいつもこんな感情をぶつけてきた。もっとも、その七度のことは、まったく覚えていないみたいだけど。

慧の視線と空良の視線がぶつかった。

慧は自分の顔が赤くなるのがわかった。あわててそらす。空良も同じようにそらすのが視界の隅に見えた。

２０１７年10月７日　レンタルビデオショップ×××　Ｔ町店

「ジミー先輩。確認しときたいんですけど」

慧は記憶の中で再生していた『ラブ・アクチュアリー』を止めた。踊っていたヒュー・グラントが宙にジャンプしたまま固まる。

現実に戻ると、カウンターの中、隣に立つ華が彼女を見つめていた。

「なんでしょう？」

自動扉の外、空はわずかにオレンジがかっていた。開放状態にした扉から吹き込む風は少し冷えている。コバエが一匹、迷い込んできた。

華が言った。

「先輩って、ほんとーに空良さんと何もないんですよね？」

「あれは全部あの人の冗談です」慧は断言した。

「ほんとに本当ですか？」

「はい。わたしは恋愛に興味ありませんので」

――そう、現実の恋愛には興味はない。人を好きになったことはないけど、映画の通りだとすれば、感情の激しい浮き沈みを経験することになる。そんなことになったら、どれほどの〝キー〟が生成されるの？

華が目を丸くした。

「先輩、恋しないんですかあ？」

慧はむっとして顔をしかめた。

華があわてて言った。

「あ、すみません。あのですね、先輩が空良さんと何もないということなら、お願いがあるんですけど」

「なんですか？」

「空良さんとうまくいくように手を貸してくれません？」

慧は華を見つめた。吹き込む風が、はがれかけた『24』のポスターを揺らしている。ジャック・バウアーの持つ銃の先が華の頭に当たりそうだ。

「彼のこと、本気なんですか？」

答えはわかりきっている。

華はぶんぶんと首を上下させた。

「もちろん、本気も本気！　あんなかっこいい人、あたしの人生で二度と現れないですもん！　あたし、あの人と結婚します！」

「け、結婚？」

――こ、このコは何を言っているのか。

だが、華の表情は本気だと告げている。

華が両手を合わせた。

「だから、お願い！　協力してください！」

外で鳥が鳴いた。一回、二回、慧はぎくりとしたが、三回目はなかった。

華は彼女を拝んだままだ。

決して悪い子ではないのだ。

慧は喉《のど》から言葉を押し出した。

「わかりました」

華が顔を上げた。満面の笑顔だ。

「ありがと！　それじゃあ、さっそくお願いがあるんですけど」

「え？」いまのいまで？

「ジミー先輩、今晩、空良さんとシフトかぶってますよね？　その場で、空良さんにあたしとデートしてくれるよう言ってください」


店内にいる客は、二階のアダルトコーナーの常連一人だけだ。小太りな老人で、毎日一本、ＶＨＳのアダルトビデオを借りていく。この店がいまだにＶＨＳを置いているのは、この客のためといってもいい。

「あの子、悪い子じゃないんですよ。少なくとも気持ちは純粋なんです」

慧の言葉に、空良が顔をしかめた。

「その、華って、どっちのコだっけ？　ぼく、人の顔と名前を一致させるのが苦手なんだよね」

「ちょっと！　華さんは髪を染めているほうです！」

空良がニカッと笑った。

「もちろん冗談だよ。見た目は派手だけど、純粋なコなんだろうね」

慧は眉をひそめた。彼のジョークセンスは最悪だ。

「そうです。彼女は本当にあなたのことが好きなんです。ですので、デートくらいは付き合ってあげてもよいのではないでしょうか？」

天井に据え付けられたスピーカーが黙った。曲と曲の切れ目に入ったのだ。

空良が言った。

「慧さんは、それでいいわけ？」

「はい」

彼がのけぞった。

「本気？」

「まあ一応」

彼が目を細めた。

「慧さんが、そこまで言うなら仕方ないかあ」

慧は安堵のため息をついた。勇気を振り絞った甲斐《かい》があった。華も喜ぶだろう。

空良が苛立《いらだ》たしげに言った。

「なーんて、言うわけないだろ。なんで嘘つくわけ？」

「嘘？」

──なんの話？

「自分に嘘つくのはやめなよ。慧さんだって、ぼくのことが好きなんでしょ？」

──まさか。

「わたしが好きなのは寡黙《かもく》で落ち着いた年長の人です」

──本当にいいの？　頭の片隅で思った。空良とはいい関係になれるかもしれない。爽《さわ》やかな青年だし、映画の話でも盛り上がれる。なにより、彼に対してはほかの男性に感じるような恐れがない。

陰鬱な感情が波打った。

慧はとっさに、映画『2番目のキス』を観たときの記憶を呼び起こした。こういうときだけは図抜けた記憶力がありがたい。制御不能な〝キー〟という問題はあるものの、あの病院で目覚めた日以降に経験したすべての事柄を意図《いと》して再生できるのだ。映画の場合、単に頭の中で映像や音声が流れるだけでなく、初回の鑑賞時に生じた彼女自身の感情までも再現できる。

ドリュー・バリモアが野球場に向かうシーンを観て、慧はほがらかな気持ちになった。それに引きずられて、いま現在の彼女もほがらかになった。

「空良さんは、わたしのタイプじゃないんです」

明るい笑顔で言えた。

バイト後、慧はいつもと同じ道を通り、いつもと同じようにコンビニでコーラを買った。その間、頭の片隅で、常に『2番目のキス』を流していた。

自宅に帰り、シャワーを浴び始めたとき、一瞬脳内での上映が途切れた。とたんに、空良の顔が浮かんだ。「タイプじゃない」と言いきったときの顔だ。笑ってはいるが、かすかに眉尻があがり、口角は下がっている。瞳孔《どうこう》は収縮気味だ。薄茶色の瞳が何か言いたげだった。

無意識に記憶内の顔たちと照合した。

——動揺、悲しみ、驚き、苦痛、それに一抹の安堵？　彼女は湯を止めた。雫《しずく》がぽたぽたと古びた陶製のタイルに落ちる。わたしへの告白は冗談だったはず。そのはずだ。

２０１７年10月８日　レンタルビデオショップ×××　Ｔ町店

翌日も空良とシフトが重なっていた。

「お、おはようございます」

二十一時半、出勤した慧はおそるおそる裏口を開けた。店内ＢＧＭとして流れていたボン・ジョヴィの歌声が耳を包む。空良が手でカウンターをドラムのように叩いていた。

空良が彼女に気づき、手を上げた。

「おはよう！　今日も早いね」

——どうして、こんな笑みを作れるの？　やっぱり、全部冗談だから、昨日のやりとりなんて気にも留めてないの？　彼を傷つけたと思ったのは勘違いだったのかしら。

空良が言った。

「ところで、そろそろ返事が欲しいんだけど」

「返事？」

「だから、告白の返事」

ボン・ジョヴィがシャウトした。

「き、昨日、タイプじゃないですって、お返事したじゃないですか！」

「そんなこと言った？」

「言いました！」彼女は叫びたくなるのをどうにか堪えた。

――なに？　とぼけてるの？

空良が頭をかいた。

「ごめん。忘れちゃった。ぼくが覚えてるのは、慧さんが気になって仕方ないってことだけだよ」

――まさか、返事を聞いていない体《てい》で押し通す気なの？

慧は空良をにらみながら、奇妙なことに気づいた。たしかに、以前、彼が告白してきたとき、表情にはハッキリと何らかの嘘が現れていた。それが、いまの顔つき。

――これじゃまるで本当にわたしのことを。

慧は顔をしかめた。いや、空良が隠しているものはまだある。ただ、それが何なのか、さっぱりわからない。

2017年10月24日　自宅

さらに二週間が過ぎた。

バイトから帰宅した慧は、窓のそばに腰を下ろし、横浜の夜景を眺めていた。長距離トラックの走行音がかすかに響いている。トラックの群れは、ゆっくりと西のほうへ進み、やがて丘の向こうへ消えた。

彼女は記憶の中にいた。数時間前の記憶だ。レンタルビデオ店の中、空良がカウンターの向こうでDVDを整理しながら言った。

『最高のシリーズ物？「マーベル・シネマティック・ユニバース」』

『意外。空良さんって、メジャー志向だったんですね』

空良が胸を張った。

『売れた映画は面白いから売れるんだよ。逆に聞くけど慧さんは、なんで難解なミニシアター系まで手を伸ばすわけ？　本当は超大作が好きなんでしょ？』

彼女は一瞬口ごもった。

『わたしは、その、一度観た映画は何度でも観られるので、一度で理解しきれないくらいがいいんです』

『何度でも観られる？　ＤＶＤを買ったり、ダウンロードするってこと？』

彼女は首を横に振ると、自分の能力について説明した。

おそるおそる空良を見ると、なんとも判別のつかない表情だった。

――同情、それに憧《あこが》れ？　わたしの苦労のどこに憧れの要素があったというのか。

彼が言った。

『たいへんだったね』

慧は手近にあったレシートロールをもてあそんだ。

『いいんです。信じられるはずありませんよね』

『いや、信じるよ』

改めて空良を見る。たしかに信じてくれたらしい。――なら、さっきの妙な表情はなんだったのだろう。つくづく彼のことがわからない。いったい何を考えているのだろうか。

彼の真意が知りたくてたまらなかった。

『ぼくを見るなら、もっとお近くで』

空良がカウンター越しに顔を近づけた。慧はあわてて跳び退《しさ》り、太ももが陳列棚にぶつかった。『24』のＤＶＤがばらばらと落ちる。

空良がカウンターから素早く出た。

『ごめん、驚かせるつもりはなかったんだ』

散らばったＤＶＤが記憶を刺激した。

☆　☆　☆

小銭をばらまいたときのことが思い出された。空良が笑顔で百円玉三枚と十円玉五枚を拾い上げる。小銭を包んだ手が慧に近づく。

現在の彼女は、夜景を眺めながら頭の片隅で考えた。――わたし、どうやら半分眠りかけているみたい。睡眠中のように記憶が溢《あふ》れ始めた。

☆　☆　☆

また別の空良との思い出が再生された。

慧は彼と閉店作業にかかっていた。彼は外の立て看板を店内に引き込み、シャッターを下ろす。慧は、自販機横の灰皿の水を排水溝に流し、網にかかっている吸い殻《がら》を裏のポリバケツに入れた。空になった灰皿をホースの水で流し、たわしで洗う。こびりついたコゲをこすっていると、すぐ後ろで声がした。

『慧さんのどこが好きなのか、わかったよ』

慧は動悸《どうき》を抑えながら振り返った。

空良はにっこり微笑んでいた。からかいなのか本気なのか。このところ、彼の顔を見ても、心理状態をうまく把握《はあく》できない。彼はふつうの人より、ずっと複雑な心理を抱いているらしい。

『また、そういうことを。前にも言いましたけど、わたしより綺麗な人はいっぱいいますよ』

『いや、慧さんがいちばん綺麗だよ。それに内面も最高』

彼女は真っ赤になった。——また、チャラ男が出てきた。

『わ、わたしの内面？』

『うん、例えば慧さんって、誰に対しても優しいよね』

空良の視線が彼女をまっすぐ捉えた。

遠くでバイクのエキゾーストノートが響いていた。それにパトカーのサイレン。冷たい風が数枚の落ち葉とともに二人に吹きつけた。

慧はいたたまれなくなり、目線をそらした。

『その、申し訳ないんですが、わたしは怯《おび》えてるだけなんです。ほかの人を傷つけるのが怖いんです。優しいだなんて。わたし、そんなできた人間じゃありません』

空良が数歩右に動き、彼女の視界に割り込んだ。

『傷つけるのが怖い、そう感じられることが優しいんだよ』

彼が笑った。

☆　☆　☆

明烏《あけがらす》の声が、慧を引き戻した。彼女は目を瞬《また》かせた。東の空が白《しら》み始めている。ありえない。朝だ。部屋に帰ってきたのは三時過ぎだった。二時間も空良を見ていたのか。

ため息が出た。

このところ、空良の記憶ばかり見る羽目になっている。夜に悪夢が消えたのはありがたいが、いくらなんでも度がすぎている。日によっては、日中にすら、彼の記憶が無意識に再生される。〝キー〟が大量に生成されたというわけでもないようだが、放置していては、日常生活に支障が出かねない。

２０１７年11月２日　Ｙ大学医系研究棟三号館三階　研究室

玉木恭一郎《たまききょういちろう》がデスクトップパソコンの液晶モニターをボールペンで叩いた。

小さな動きだったが、慧は緊張に体をこわばらせた。恭一郎が中学のときの竹藪男と根本的に異なることは、頭では理解している。彼は医師という職業抜きでも、優しく、親切だ。しかし、男性なのだ。空良以外の男性には、相変わらず体が硬くなる。

画面には、脳のＭＲＩ画像が表示されている。画像の端には、ローマ字で慧の名が示してあった。

「海馬《かいば》の働きがたいへんに活発なんだ。サイズも、常人より二十パーセント近く大きい。この変色は、事故で傷ついた組織だ。ここの働きを代替するために海馬が異常発達し、特別な記憶力をもたらしたんだろう」

慧は、恭一郎の研究室にいた。彼の部屋は、Y大学医系研究棟三号館三階の端にある。恭一郎の専門分野は「記憶」だ。彼は国内では数少ない外傷性健忘症の専門家だった。年齢はまだ三十八と若い。そのせいか、業績の割に与えられた部屋は微妙な位置だった。建物の北西端で年中日当たりが悪く、窓の外の壁には葛《くず》のつるがびっしりと張りついていた。

「それで、抑える方法はあるんでしょうか？」

慧がこの質問をするのは、彼のところを訪ねるようになって七度目だった。

恭一郎がペン先を噛んだ。

「海馬は知的機能を司《つかさど》る部位でもある。うかつに手を出せば何が起こるかわからない。性格が激変したり、認知能力が極端に低下することもありうる」

「そうですか」彼女はためいきをついた。

外では風が吹いているのか、室内を覗《のぞ》く葛の葉が窓を叩いた。冬が近づき、葉は醜《みにく》く枯れ始めていた。

恭一郎がパソコンをスリープモードにした。

「ずいぶん落ち込んでいるな。また過去の失敗に引きずられているのかい？　まあ、無理もない。君にとって、すべての過去は現在だからな。いまも人生における大失敗の直後というわけだ。ふつう、時が経てば、ストレスを与える記憶は薄れるが、君はすべてを覚えている。繰り返しになるが、気にしないよう努めるしかない」

慧は両手を握った。

「いつか、記憶をなくせる日は来るんでしょうか？」

「再生医療がもう少し発展すればなあ。原因となった傷が治癒《ちゆ》すれば、忘却機能が復活する可能性はある」

彼女は唇を噛んだ。ただし、噛む力は抑えた。万一、血が出たら、それが〝キー〟になって、いちばん最悪の記憶、家族を亡くした直後に飛んでしまう。

恭一郎が言った。

「何か、忘れたくなるようなことでもあったのかい？」

「そうではないんですが。その、記憶力が増してる気がするんです」

恭一郎が眉間《みけん》にしわをよせた。

「どんな状況なんだい？」

「〝彼〟の記憶が、異常な頻度で再生されるんです」

恭一郎がペンを回した。

「彼？」

慧は口ごもった。

「バイトに入った男の子です――」

慧が空良に関する悩みをぶちまけると、恭一郎が何ともいいようのない顔つきになった。

慧は話を止め、記憶の中の無数の顔とその表情を照合した。〝驚き〟〝あきれ〟〝苦笑〟？

恭一郎が咳払《せきばら》いして言った。

「新川くん、一言だけ言うが、君の記憶力は以前と変わりないよ。君はもう少し素直になるべきだね」

２０１７年11月３日　レンタルビデオショップ×××　Ｔ町店

空良が『マッドマックス　怒りのデス・ロード』のDVDを拭きながら言った。

「今年いちばんの映画は『スパイダーマン：ホームカミング』。間違いないよ」

指紋だらけだった盤面が光り輝く。

「そうですね。空良さん、ジョン・ワッツの『コップ・カー』も好きですもんね」

「誰、それ？」

「両作の監督です」

慧は急に恥ずかしくなった。まるで映画オタクみたいだ。いや、知識量を考えれば、間違いなくオタクなのだけど。うつむいて、手元のDVDの盤面を拭く。

主治医の恭一郎のアドバイスを受けて以降、気分が乗らない。

――彼のところに通い始めたのは、横浜に出てきてすぐだ。症状を信じてくれた、初めての医者。彼のアドバイスで、ある程度、記憶をコントロールできるようになった。〝キー〟の概念も、彼が見出したものだ。その彼が〝記憶力に変化はない〟と言いきった。でも、わたしの記憶力は明らかに異常を示している。

慧は横目で空良を見た。

――素直になれ？　どういう意味なのか。

「どうしたの？」空良が言った。「元気ないみたいだけど」

あなたが原因なんです。彼女はそう言う代わりに、当たり障《さわ》りのない返事を返した。

「ちょっと落ち込んでるんです。空良さんはいつも明るいですけど、どうしたらそうなれるんですか？」

「嫌なことは、全部忘れるようにしてるんだよ。って、いやいやいや、ぼくだって落ち込むことくらいあるさ。さっきも簡単なレジ打ちを間違えたしさ」

彼が頭をかいた。

「ぼく、ものを覚えることが本気で苦手なんだよね。それに比べると慧さんはすごいよ。いや、苦労話は聞いたけど、それでも、ちょっとうらやましいんだ。そんな能力があったら、試験の類《たぐい》なんかは楽勝なんでしょ？」

慧は微笑んだ。

「記憶できても理解できるわけじゃないんです。だから数学なんかはサッパリ」

空良がにやりと笑った。

「好きなことは、記憶が出てくるのが早い？　ということは、慧さん、ぼくのことが好きなんじゃない？　ほら、さっきもコップなんとかのこと、すぐ出たもんね。ぼく自身だって観たことを忘れかけていたのに」

慧は衝撃を受けた。自分の言動がよみがえる。

――頭の中が空良のことばかり？

――四六時中考えている？

手元の盤面に自分の顔が映っていた。無意識に、過去の記憶の中の表情と付け合わせる。

はっきりと答えが出ていた。

――記憶力が強まったんじゃなかった。

「か、勘違いしないでください。単に記憶の端に引っかかっただけです」

気づいてしまうと、まともに空良の顔を見れない。

「またまた。ほんとは、ぼくのこと、好きなんでしょ？」

「はい」無意識にうなずいていた。

「え？」空良が固まった。

慧は口元を押さえた。背中で冷や汗が噴き出した。

空良がじっと見つめてくる。

今度は頭が熱くなってきた。思考がまとまらない。

あわてて頭を下げる。

「ご、ごめんなさい。空良さんのこと好きになってたみたいです。気にしないでください！　からかわれただけとわかっておりますので」

空良が彼女に一歩近づいた。

「だから、からかってないって言ってるでしょ？」

彼の顔に嘘はなかった。

２０１７年11月5日　横浜駅　駅ビル四階　カフェ

「こんなに美味しいもの、生まれて初めて食べたよ！　いつか死ぬときがきたら、もう一度食べたいな」

空良がチョコレートケーキをぱくつきながら言った。

「大げさですね」と慧は笑った。空良は本当に感情が豊かだ。

――わたしも怯えてないで、もっと自分を出さないと。

十四時半だった。二人は横浜駅の駅ビル四階にあるカフェにいた。勤務前のデートだ。

自分の思いに気づき、それを空良に伝えてしまったいま、空良の誘いを断る理由はなかった。

慧もケーキを口に運んだ。

甘さが広がる。

――たしかに美味しい。こんなにしっかりしたスイーツを食べるのはいつ以来だろう。

ああ、叔父さんの家で、誕生日を祝ってもらったときだ。

口元を押さえていると、空良が言った。

「慧さんが、これまでにいちばん美味しかったものって、なに？」

「いちばん？　記憶にある中だと、三年と四カ月前に食べた、横濱家《よこはまや》のラーメンですね。

それまでに食べたことないものでしたから、安心して食べられました」

彼がフォークを動かす手を止めた。

「安心？　食材が国産、とかって意味？」

「いえ、わたしは記憶力がいいので、うかつなものを食べると、そこから嫌な思い出を再生してしまうんです」

口に出してから、しまった、と思った。――食べ物を食べて記憶が再生？　彼はわたしの記憶について知っているが、そこまでは説明してない。引かれただろうか。

だが、当の空良は何ら気にするふうもなかった。

「それで、横濱家のラーメンのどこがいいの？」

慧は初めて店に入ったときの記憶を呼び出した。舌の上に、初体験の感動がよみがえる。

「そうですね。スープを一口すすったとき、こんなに美味しいものがあるのかって、びっくりしました。濃厚な旨味《うまみ》といえばいいんでしょうか。脂《あぶら》っこいですけど、それでいて次の一口を食べたくなるというか——」

空良がニヤニヤしながらこちらを見ていた。

彼女は説明を止めて言った。

「わたしばっかりずるいです。逆に聞きますけど、空良さんが、いままでいちばん美味しかったものはなんですか？」

彼がフォークをケーキのチョコレートクリームに刺した。

「もちろん、これ」

「ほんとですか？」

「いや、ほんと。ぼくにとって大事なのは何を食べるかじゃなく、誰と食べるかだから。

慧さんと一緒に食べている、このケーキがいちばん美味しいんだ」

彼女は赤くなった顔をうつむけた。嬉《うれ》しいのか恥ずかしいのか、自分の感情がわからない。

「ちゃ、ちゃらいですね」

「ちゃらくない」空良はまじめな顔で否定した。

頭上でシーリングファンがゆっくりと回っていた。微風が顔をなでる。

慧は気軽な調子を装《よそお》って聞いた。

「空良さん、誰にでもそういうこと言ってるんでしょう？」

「まさか」

「正直に言ってください。いままでに何人と付き合ったんですか？」

——ああ、バカだ。慧はつっぷしたくなった。こんなことを聞いてどうなるというの。

彼の過去の恋人と自分を比べて、みじめになるだけだ。

空良が顔を寄せた。ささやくように言う。

「ゼロ。慧さんが初めて」

彼女はムッとした。

「そういう気のつかい方はいいですから」

言ってから後悔した。――そもそも聞いたわたしが悪い。嘘をついてくれたのは彼の優しさだ。

空良が肩をすくめた。

「じつをいうと、昔のことは、あんまり覚えてないんだよ。〝いまを生きる〟が、ぼくのモットーだから」

２０１７年11月６日　横浜駅　ＪＲ中央南改札

空良が伸ばした手を、慧は反射的に払いのけた。

彼が傷ついた表情を見せた。

二人がいるのは横浜駅のＪＲ中央南改札前だった。午後六時十二分、周囲は通勤客で嫌になるほどごった返していた。痴話《ちわ》げんかに見えたのか、サラリーマンたちは好奇の目を向けながら、改札内に吸い込まれていく。

慧は自分の手を見た。空良を払いのけた手。

彼がさみしげに言った。

「慧さんって、たしか、ぼくのことが好きなんだよね？」

——その通り。

「でも、わたしたちは、まだ付き合ってはいませんから」

彼が首を傾げた。

「ぼくは慧さんが好きだし、慧さんも同じ。何の障害があるわけ？」

「〝キー〟です」

彼女が説明すると、彼はますます不思議そうな顔になった。

「つまり、感情が極度に高ぶると強制的に記憶が再生されるスイッチができる、ってこと？」

「つらい記憶を再体験するのは本当に苦しいんです。だから、これ以上の〝キー〟は作りたくないんです」

「でも、幸せな記憶の〝キー〟ができるのは構わないんでしょ？」

それは、その通りだ。つらい記憶の〝ループ〟から逃れられる〝キー〟がコーヒー以外にもあればずいぶん助かるだろう。

慧はため息をついた。

「大切なのは日頃から平静を保つことです。心が動かされることがなければ、多少つらいことがあっても耐えられますから。少なくとも〝キー〟が生まれるほどの苦悩を感じることはありません。だから、恋愛なんてして、心が揺れ動くようになるのは困るんです」

空良が頭をかいた。

「不幸になる〝かもしれない〟のが嫌だから、幸せになるのも拒否するわけ？」

「そうです。それがいちばん幸せなんです」

「嘘だ」

「嘘じゃありません」

彼が顔を近づけた。

「なら、なんで、ぼくとデートするのさ？」


三十分後、慧は保土ケ谷《ほどがや》駅で降りた。彼女を横浜駅から運んだ電車が、ゆっくりと動き出す。自販機で缶コーヒーを買う。先日、空良から強奪したのと同じマックスブレンドコーヒーだ。

ベンチに座り口をつける。

『50回目のファースト・キス』を初めて観たときの気持ちが正確によみがえり、心がほっこりした。直後、空良から缶コーヒーをもらったときの記憶が再生された。強烈な恥ずかしさと自己嫌悪、それと衝撃。

記憶の中で、彼が頭をかいた。

『だから、慧さんのことが好きなんだ』

コーヒーをもう一口飲むと、彼の告白がもう一度再生された。

この記憶だけで十分かもしれない。これまで、恋愛は映画の中だけの憧れにすぎなかった。それが告白してもらえたのだ。いい思い出だ。

『なら、なんで、ぼくとデートするのさ?』

さきほどの空良が再生された。

慧は缶を傾けたが、コーヒーはもう飲み干していた。ベンチから立ち上がり、空き缶を回収箱に捨てる。これ以上は入りそうもない。だが彼女は小銭を取り出し、またマックスブレンドを購入した。

ベンチに戻り、通り過ぎていく東海道線《とうかいどう》を眺めた。銀色の車体に通勤客がぎっしり詰まっている。ワンテンポおいて、車体が巻き起こした風が吹きつけた。彼女はタブに手をかけたまま固まった。東海道線がもう三本通過したあと、彼女は開けていない缶コーヒーを足元に置いた。

彼女は意図して記憶を再生した。

『慧さんのことが好きなんだ』

息を吐いた。

——でも、その前にすべきことがある。

２０１７年11月７日　レンタルビデオショップ×××　Ｔ町店屋上

翌日、慧は雑居ビルの屋上で頭を下げていた。

「ごめんなさい。わたし、あなたの恋愛に協力するって言いましたけど」

厚い雲が空を覆っていた。風に流されたカモメが高いところを横切っていった。

華が冷たい声で言った。

「けど、なに？　取り消すなんて言わないですよね、先輩」

「ジミー先輩、そんなひどいことするんすか？　信じらんない。友達を裏切るんだ！」と、隣にいた紗栄子も声を荒らげた。

華が紗栄子の肩を押さえた。

「待って。そんなはずないよ。先輩は、思いやりがあるもん。そんなことするはずないよ。ね、先輩」

慧は唇を嚙んだ。

「ごめんなさい」

華が言った。

「じゃ、やっぱりほんとに空良さんと付き合ってるの？　紗栄子が横浜駅で見たの、ほんとに先輩と空良さんだったんだ！　し、信じられない！」

「ごめんなさい」

——責められて当然だ。慧は思った。わたしには謝ることしかできない。

華が顔をしかめた。

「ぜんっぜん誠意が感じられないんですけど」

「ど、どうすればいいの？」

「どうって、ほんとに申し訳ないと思ってるなら、すぐに別れて！」

慧は一瞬迷った。――そもそも、まだ付き合っているわけではない。正直にそれを伝えればいいのだろうか。そうして身を引けば、華さんが傷つくことはなく、わたしは彼女を傷つけたことを、のちのちまで悔い続けることもない。

「嫌です」言葉が口をついた。

華と紗栄子が驚きに固まった。

それ以上に驚いたのは慧自身だった。

華が言った。

「い、嫌って、そんなこと許されると思ってるわけ？」

慧は首を振った。

「許されなくていいんです」

「はあ？　それなら、あたし、ずっと先輩のこと恨むよ！　ＳＮＳにも書きこむし！」と、華がわめくように言った。

――空良さんだ。慧は思った。彼は過ぎ去った過去を気にせず、いまを生きると言った。

わたしもいまを生きたい。未来を気にせずに生きたい。後悔し続ける〝かもしれない〟から、自分の気持ちを抑える？　それこそ悪夢だ。

慧はひたすら罵倒《ばとう》に耐えた。

潮風で体が冷え始めたころ、華と紗栄子はようやく室内に戻っていった。

慧はふらつき、鉄柵にもたれかかった。頭上では、さきほど見た迷子のカモメが相変わらず行きつ戻りつしていた。

ものすごい言われようだった。できれば忘れたいが、たぶん一生忘れることはできないだろう。

しゃがみ込み、両手で顔を覆った。泣きたい、が、泣けない。この状況で泣けば間違いなく〝キー〟になる。涙はすでに十八の最悪の記憶の〝キー〟になっている。これ以上増やすなんてできない。

誰かが慧の前に立った。

顔を上げずとも誰かわかった。

「どうしてわかったんです？」彼女は顔を伏せたまま言った。

空良がしゃがんだ。

「あの二人がご丁寧に教えてくれたんだよ。慧さんの〝裏切り〟について」

――バレた。

「すみません。そういうことなんです」

「じゃあ、ぼくと〝別れる〟の？」

慧は彼の顔を見た。

「そもそも、わたしたち、まだお付き合いしてませんよね？」

彼が笑った。

「そうだった。で、どうする？」

第二章

恋人

2017年11月7日　レンタルビデオショップ×××　T町店　駐輪場

付き合うことになった。

慧《けい》はマフラーを巻きながら駐輪場に向かった。別れ際の空良《そら》の声が頭の中でリフレインしている。穏やかな響きの「おやすみなさい」。いや、冷静になって。おやすみなさい、は、これまでも何回も言われていたではないか。でも、恋人同士になってから聞くのは初めてだ。

浮かれ気分は、駐輪場についた瞬間に消し飛んだ。

彼女の自転車が倒れていた。一目で前後のタイヤがパンクしているのがわかる。途方にくれていると、後ろで声がした。

「どうしたの?」

空良だった。また会えた。彼女は一瞬、自転車のことを忘れて嬉《うれ》しくなった。

彼は彼女の肩越しに自転車を覗《のぞ》き込んだ。

「うわ。ひどいイタズラだな。どうする?」

「どうって、歩いて帰るしかないですね」

暗がりの中、空良が自身を指した。

「じゃあ、送らせてよ」

「そんな、悪いですから」

「悪くないです。じつをいうと、慧さんを送りたくて追いかけてきたんだよ。コンビニの横にぼくの自転車があるから、それで帰ろう」

慧は嬉しさを誤魔化《ごまか》すように言った。

「空良さんって、なんで思ったことをすぐ口に出せるんですか？」

「言いたいことはすぐ言わないと。忘れちゃったら哀《かな》しいでしょ」

――わたしに限っては、それはない。慧は首を振った。

空良が男性とはいえ、二人乗りで横浜《よこはま》の丘を登るのは無理があった。最終的に、彼は慧の家に続く坂の中ほどで自転車を停《と》めた。チェーンロックでガードレールとつなげ、そこからは歩きになった。

映画の話で盛り上がっていると、いきなり空良が慧の手を握った。

「うわ！」彼女は思わず叫んだ。

払いのけそうになるのを、どうにか抑え込んだ。

「いいじゃん？　付き合い始めたんだから」と、空良は笑った。

慧は街灯が少ないのを感謝した。顔が真っ赤になっているのが自分でもわかる。心臓が痛い。これは絶対に〝キー〟ができている。今後、手をつなぐたび、いまこのときを再体験することになるだろう。

会話が途切れた。黙ったまま歩くと、余計に触れる手が意識された。彼の手は大きくて温かかった。慧に気をつかっているのか、柔らかく握りしめている。

慧は目を瞑《つむ》った。もう限界。手に汗をかき始めたような気もする。

「あ、あのですね」

「なに？」

「その、もう少し控えめに握ってくれてもいいでしょうか？　わたしには、その、刺激が強すぎるといいますか」

「いいよ」

空良はそう言いながら、彼女の指の間に自分の指を入れ始めた。

２０１７年11月10日　レンタルビデオショップ×××　Ｔ町店屋上

三日後、空良が慧を店舗の屋上に呼び出した。

あがると、彼だけでなく、華《はな》が待っていた。

「えーと」慧はうろたえた。華と会うのは、罵倒《ばとう》されて以来だ。

空良が言った。

「うすうすは、わかってたよね？」

「え、は、はい。華さんには申し訳ないことをしたと思ってます」

空良がため息をついた。

「付き合う付き合わないの話じゃない。慧さんの自転車を壊した犯人だよ」

「え？」

華は何も言わずに慧をにらんでいた。

空良があきれたように天を仰いだ。

「お人よしにもほどがあるよ」

「お人よし？　この人が？　あたしをだまして空良さんと付き合ってたくせに！」

「す、すみません」と慧はうつむいた。

空良が口をはさんだ。

「華さん、いまはそんな話をしているんじゃない」

「知りませんよ！　自転車がどうだとか」

空良がため息をついた。

「紗栄子《さえこ》さんが教えてくれたんだ。いくらなんでも君がしたことはやりすぎだってね。たしかに慧さんにも悪い部分はあったかもしれない。ぼくだって悪かった。はっきりと華さんに告げるべきだった。でも、だからって、あんな真似をしていいはずがない。慧さんに謝るんだ」

「いやです。だって、あたしのほうが、空良さんのこと好きだったもん！　ジミー先輩、絶対、あたしほど空良さんのこと好きじゃないですよ！」

「そ、そうなの？」と、慧は戸惑った。

——どうなのだろう。

空良に告白されて以降、昼夜問わず、空良が頭の隅《すみ》に出てくるし、気がつけば彼を目で追っていた。これは、漫画や映画で見る恋愛状態に近い。

「そのへんにしておきなよ」

慧の後ろから声がした。

慧は驚きのあまり、小さく叫んだ。後ろから現れたのは、店長だった。皇帝ペンギンのような体をゆすりながら前に出る。

「みんな若いねえ」

「お、お久しぶりです」慧は頭を下げた。店長に直接会うのは三週間ぶりだ。

「いや、最近、こっちに来なくて悪かったねえ。F町店を回すのに精一杯だったんだよ。バイトが確保しづらくてね。まあ、それよりだ。空良くんから聞いたよ。ハチャメチャだなあ」

「す、すみません」慧は頭を下げた。

「いや、慧ちゃんが謝ることじゃないさ。ただ、華はよくないな。わかっているだろう？」

華は黙っている。

「ま、女としてのプライドもあるわなあ。ああいうことをしちまうのもわかるさ。まあ、無理に謝る必要はないと思うぜ。慧ちゃんも謝ってほしいわけじゃないだろう?」

「え?」——いや、ほんとのところをいえば謝ってほしい。あの自転車はボロとはいえ、四年間も使っていたのだ。それなりに愛着が湧いている。

店長が言った。

「ただなあ、弁償はするべきだと思うぜ。てなわけで、華。お前、F町店に異動な。で、頑張って稼いで払うこと。以上」

華は何も言わずに、店長の横を通り、階段を駆け下りた。

店長が頭をかいた。

「華は華でかわいそうなコなんだよ。あいつの親は愛情ってもんがなくてな。小さいころから親代わりを求めて近所をうろついてたんだよ」

店長が目を細めた。

「昼間のレンタルビデオ店なんて暇してるからよ。仕事の合間に遊んでやったもんさ。ご覧の通り、あいつは恋愛事に妙な執着があるんだが、それもガキのころを引きずってんだろうさ。だから、な? 空良くんもいいかい?」

空良が頭をかいた。

「今回の件は、ぼくのせいでもあるんで」

「モテる男はつらいねえ。でも、まさか、君が慧ちゃんを選ぶとはねえ。いや、俺としては嬉しいよ。慧ちゃんの魅力は俺くらいにしかわからないと思ってたから。でも、まさか、君がねえ」

「ぼくも、店長に負けず劣らず、慧さんの魅力がわかる男だったってことです」

——二人とも、なんなの。

慧は耳まで赤くなった。

２０１８年1月13日　桜木町《さくらぎちょう》　シネマコンプレックス

「うわ！　なんでこれが飲みたいってわかったの？」

空良は笑顔で、慧が差し出したメロンソーダのコップを受け取った。

二人は桜木町のシネコンにいた。彼がトイレに行っている間に、慧が飲み物とポップコーンを買っておいたのだ。

「だって、映画館で観《み》るときは必ずコレなんでしょう？　三週間とちょっと前に聞いたもの」

「すごいな」

空良は言いながら、代金を渡そうと長財布を開いた。中身が見える。クレジットカードに運転免許証。免許証の中で少しだけ若い空良が微笑《ほほえ》んでいた。

空良が写真と同じような笑みを浮かべた。

「ほんとに慧さんはすごいよ」

慧は笑った。記憶力は呪いでしかなかったが、こういうときはありがたい。空良の表情を記憶と照合する。満足、幸福、おおいに喜んでいる。慧は空良についての記憶を探り、二人の間にあったポップコーンの位置をわずかに空良の側に寄せた。その隣に自分の映画の半券を添える。

空良はポケットから半券を取り出すと、彼女の半券に重ねた。手を伸ばし、ポップコーンをつまんで口に放り込もうとして、動きを止めた。

彼が言った。

「ねえ、ここまでしなくていいよ」

「え？」

「最近さ、やたらと居心地がいいんだよね。慧さんと一緒にいると、何もかもぴったりくるっていうかさ。これ、慧さんが何かしてるんでしょ？」

慧は不安な気持ちになった。

「だ、だめ？　喜んでもらえるかと思ったんだけど」

彼が手を振った。

「いや、もちろん喜んでるさ！　でも、そんなに気をつかわないでよ。たいへんでしょ？」

「た、たいへんだなんて！　とんでもないです！」

空良の向こう側に座っている男が、ちらりと慧を見た。スクリーンではまもなく予告が始まろうというところだ。

慧は声のトーンを落とした。

「わたしは空良さんが嬉しいのが嬉しいんです」

「ぼくが嬉しいのが嬉しい、かあ」

彼が目を細めた。

「それじゃあ、一つお願いがあるんだけど」

「な、なんでしょう？」

「敬語、やめてよ。恋人のはずなのに、まだ他人行儀っていうか」

慧は背中を丸めた。――来た。こう言われると思っていた。でも、わたしにとって敬語は自然に身についてしまったものなのだ。他人と適度な距離を保つための道具なのだ。

彼はぐいぐい距離を詰めようとする。

「ほら、空良って言いなよ」

真顔で顔を近づけてくる。

「そ」と、彼女。「うん」と、彼。

「空良」――ダメ。そんな簡単に口にできない。「さん」

「ちょっとちょっと、慧」彼も赤くなって「さん」と付け足した。

2018年3月1日　丁町二丁目コンビニ

慧はコンビニおでんのカップに口をつけると、つゆをすすった。

「すっごく美味《おい》しい！　こんなに美味しいなら、もっと早く食べればよかったです」

空良が体をのけぞらせた。

「嘘《うそ》でしょ？　おでん食べたことないの？」

バイト終わりの深夜二時半、二人はレンタルビデオ店そばのコンビニの駐車場にいた。三月、夜はまだまだ冷える。おでんからはもくもくと湯気があがっていた。だしのいい香りが初春の空に消えていく。

慧はカップに蓋《ふた》をして言った。

「コンビニのは初めてなんです」

「食べようと思わなかったの？」

「できるだけ心の動きを抑えようと思ってたんです。実生活では、初めてのことは避けてました」

「ふーん、なのに、なんで急にチャレンジしたの？」

——なんでって。それは空良と付き合うようになって、世の中に嬉しいこと、楽しいことが溢《あふ》れていることに気づいたからだ。あるがままに感じることはすばらしい。とくに空良と一緒に感じることは。空良と一緒なら、どんなことも怖くない。

——でも、そんな恥ずかしいセリフ、言えるわけない。

「ねえ、なんでかなあ？　教えてよ、ね？」

空良が彼女の顔を覗き込んだ。にやついている。

表情を照合するまでもなかった。

慧は彼の脇腹に肘鉄《ひじてつ》を見舞った。

「人に肘打ちするのも初めてですよ」

２０１８年４月２日　九段下《くだんした》

空良と付き合い始めて五カ月になろうとしていた。

慧は九段下駅の二番出口を出た先で空良を待っていた。花見の季節とあって、周囲はおおぜいの人間でごった返している。千鳥ケ淵《ちどりがふち》の桜は見頃を終えて一斉に散り始めていた。風が、地面にたまったピンクの花びらを巻き上げた。

「今日はいちだんと可愛《かわい》いね」

後ろから声がした。誰かはすぐわかる。

慧はものすごく嬉しくなった。今日は頑張ったのだ。新宿《しんじゅく》まで行って買ったネイビーのロングワンピースだ。それに四センチのヒール。

空良と付き合うようになってメイクやファッションに興味を持つようになった。何冊も雑誌を買って勉強したのだ。それまでは、どんな季節でもジーンズとパーカーだった。

振り向いて言った。

「またチャラ男が出ましたね」

「チャラ男じゃない。ぼくはふつうだよ」

「でも、これまでに付き合ってきた人はいっぱいいるんでしょう?」

「いないいない。ぼくが付き合ったのは、慧さんが初めてだよ」

「また、嘘ばっかり。ちなみに、わたしの前に付き合っていた人はどんな方だったんですか?」

――また聞いてしまった。慧はすぐに後悔した。付き合ってからどれだけ経《た》っても、ついこの質問をしてしまう。いけないとわかっているのに。

「覚えてないなあ」

「うわー」と引いたふりをする。彼も忘れたふりをしているのだ。ある種、このやり取りは二人のお決まりの流れとなっていた。そして空良が彼女を喜ばせるようなセリフを言う。

「いや、まじで忘れちゃったんだよ。ほら、ぼくいま慧さんで頭がいっぱいだから」

空良が彼女の手を取った。花見客の流れの中に踏み込む。ゆっくりした足取りでお濠《ほり》沿いを歩き始めた。二人の前で、父親に肩車された二歳ほどの子供が、必死に垂れ下がった桜の枝をつかもうとしていた。

慧は歩きながら、横目で空良を見た。

視線に気づいた空良が言った。

「なに？　そんなに見つめて」

「空良さんを記憶しているんです」

空良がピースサインをした。

「カッコよく頼むよ！」

「そんなことしなくてもカッコいいですよ」

空良が照れたように赤くなる。

やがてボート乗り場に着いた。行列に三十分並んでから乗り込む。慧は夢見心地だった。男性と二人でボートに乗る。こんな人生があるとは思ってもみなかった。空良は額《ひたい》に汗しながらオールを動かし、やがてお濠の端《はし》についた。ひときわ大きな桜の木が岸辺から大きく枝を突き出し、二人の姿をお濠の上を行き来する人々から隠した。

二人は慧が作ってきた弁当を食べた。少し首を傾ければ、視界はすべて桜の花に覆《おお》われる。散った花びらが雨のように降ってきた。食後は、水筒のお茶を飲みながら、コンビニ菓子をのんびりつまんだ。

枝花の隙間《すきま》から差し込む光は柔らかく、空良はまどろんでいるのか、彼女の向かいで目をつむっていた。ときおり、薄目を開けて彼女を見る。

慧の中から気持ちが溢れ出した。

「わたし、生きてます」

彼女の言葉に、空良が顔を上げた。

「なに急に。どう見ても生きてるよね？」

「そうじゃなくて、現在を生きているということです。空良さんに出会う前、わたしが生きているのは過去でした。つらい過去から逃げるために、生ぬるい映画の記憶に毎日逃げ込んでました。それが、いまは、きちんと現在を生きてます。みんなと同じようにいま現在を楽しんでるんです」

——全部、空良さんのおかげです、と言いたかったが、そこまでは口にできなかった。

桜の花びらがゆっくりと降り注いでくる。

「キスしてもいいかな?」

空良が言った。

「は?　え?　話がつながってませんよ!」

「じゃあ、キスしてもいいかなあ?」

「ここで?　周りにいっぱい人がいますよ!」

「大丈夫、見えない見えない」

空良はそう言うと、慧を抱き寄せた。彼女が文句を言う間もなく、唇を押し当ててきた。

三分後、ようやく彼が口を離した。

彼女は手で顔をあおぎながら言った。

桜が、二人の周りを舞っている。

「すっごいのしましたね」

「はあ?」

「だから、いま、すっごいのしました」

「ふつうだよ、ふつう」

「ちがう!　いまのすごかった!　わたし、初めてだったのに!　すごいのしました!」

慧はお濠の水に手をつけると、濡らした手の甲を額に当てた。どうにか気分が落ち着いてきたが、桜の花びらが落ちてくると、さきほどの記憶が再生された。

彼女があまりに頻繁《ひんぱん》に記憶に囚《とら》われるせいか、空良が「なんだか、ぼうっとしてるけど、熱でも出た？」と聞いた。

彼女は彼の肩を叩いた。

「あなたのせいで、桜の花びらが〝キー〟になっちゃったじゃないですか」

「〝キー〟？」

「前にも言ったでしょう？　わたしの記憶力はふつうじゃないんです。ちょっとしたことをきっかけに、過去の記憶を再体験しちゃうんです。そのちょっとしたこと、が〝キー〟です。音だったり、匂いだったり、手触りだったりが記憶を再生するスイッチになるんです」

「つまり、桜の花びらに触れると、いまのキスを再体験する？」

空良はそう確認すると、手元に落ちてきた花びらを、慧の頬《ほお》に貼りつけた。

すぐに、記憶が再生され、彼女はまた耳まで真っ赤になった。

２０１８年５月２日　自宅

「あれ？」空良が、慧の家の傘立てを見て言った。

傘立てといっても、隣に住んでいる老夫婦がくれた、少しだけ洒落《しゃれ》たバケツだ。

「どうしました？」慧は、彼の肩越しに覗き込んだ。バケツの中には普段から愛用している青い傘と、それに空良が持ってきた別の青い傘があった。どちらにも、「日野山《ひのやま》」と書いたシールが貼ってあった。

空良がいぶかしげに二本の傘を手に取った。

慧は笑った。

「空良さんは覚えてないでしょうけど、わたしたち、随分前に会ってるんですよ」

そのときのことを話すと、空良が両手を上げた。

「驚いたな」

「おかしいですよね。空良さん、わたしに一目惚《ぼ》れだって言ったくせに。本当は、前にも会ってるんですから」

「いや、ほら、それは。その、そのときも一目惚れしたんだよ。きっと」

あわてる空良がおかしくて、彼女は笑った。

空良は〝ちゃらい〟。結局、そういうことだったのだろう。一目惚れということにして、遊び感覚で地味な女に声をかけた。

――でも、いまは本当にわたしを好いてくれている。それで十分だ。

２０１８年5月12日　自宅

病室の記憶が再生されていた。

慧は記憶から抜け出ようとしたが、ループが始まっていた。この記憶からは容易に逃げられない。必死で、映画や空良のことを考えたが、当時の悲しみがそれらを押し流してしまう。

病室のベッドの上で泣きながら、誰かの手が頬に当たる感触を感じた。これは過去ではない。現在の感覚だ。空良の声が言う。

「慧！」

声をきっかけに空良との幾多《いくた》の記憶が再生され、彼女はそれをたどりながら、ゆっくりと覚醒《かくせい》した。

空良が暗がりの中、不安げに彼女を見つめていた。

「大丈夫？　すごくうなされてたよ」

二人がいるのは慧のアパートだった。彼らは布団を二つ並べて寝ていた。空良は彼女の手を握っていた。彼のぬくもりが、胸に空いた穴を埋めていく。

「すみません。もう大丈夫です。おかげで助かりました」

「なら、いいんだけど」

空良が自分の布団に戻った。カーテンの隙間から街灯の光が差し込み、彼の顔をうっすら照らしている。

「空良さん」

「なに？」空良が寝たまま答えた。

「わたしより先に死なないでくださいね」

空良がかすかに顔をこわばらせた。

「慧こそ、ぼくより先に死なないでよ」

彼女は布団の中で頷《うなず》くと、再び眠りについた。

今度は、珍しいことに記憶の再生もなく、あっという間に朝になった。

目覚めると、枕元に包装紙に包まれた小箱があった。開けてみると、桜の花を模したシルバーのネックレスだった。

彼女は小箱を持って、キッチンに立っていた空良のところに行った。彼は二人分の朝食を作っていた。鍋がクツクツ音を立てている。

空良が、彼女の手元を見て言った。

「付き合って半年でしょ？」

「あ、ありがとうございます！　すみません。わたし、何も用意していなくて。お付き合いというものに疎《うと》くて」

「いいんだよ。サプライズなんだから」

慧は頬が緩むのを感じた。

「なんで、空良さんて、こんなにいっぱい素敵なことをしてくれるんですか？」

「慧に、ぼくのことをもっと覚えていてほしいからだよ」

朝食後、彼女は小箱を大切にしまうと、箱を包んでいた包装紙を丁寧にたたんだ。押し入れの奥から煎餅《せんべい》の缶を取り出し、蓋を開く。中には、細かな品々が詰め込んであった。

空良が後ろから覗き込んで言った。

「何その箱？　映画の半券に、パンフレット？　缶コーヒー？」

「そ、その、空良さんといろいろお出かけしたときの記念にと思いまして」

「ひょっとして、これが例の〝キー〟なの？」

慧は箱の中から缶コーヒーを取り出した。

「物理的なものだけですけど。例えば、この缶コーヒーは一見ふつうのコーヒーです。しかし、じつはこれは空良さんにおごっていただいたものと、まったく同じ銘柄《めいがら》、〝マックスブレンド〟なんです。これを使うと、まあ、そういうことです」

「でも、そもそも記憶は自由に引き出せるんでしょ？」

「わたしも、ふつうの人と同じなんですよ。思い出すための〝よすが〟があると、いつもよりずっと細かい点まで再現できるんです」

「で、さっきの包装紙もここに入れるの？」

慧は耳元をかいた。

「その、朝、この包装紙を見たときの驚きを残しておこうと思いまして」

「いや、そこまでしてくれるなんて嬉しいな。あれ？　これ、ひょっとして千鳥ヶ淵のときの？」

空良はそう言うと、ビニール袋を開き、中に入っていた桜の花びらを取り出した。押し花だ。彼が摘《つ》まんだ拍子に端がわずかに欠けた。

空良はにやりと笑うと、花びらを慧の頬に押し当てた。

「ちょっと！」彼女は瞬時に真っ赤になった。

２０１８年６月11日　自宅

空良が慧の手を引っ張った。

「放してください！」彼女が振りほどこうともがく。

もがくたび、頭がガンガン痛んだ。体は熱っぽく、鼻水が止まらない。つまり風邪《かぜ》だ。

三日前から空良が寝込んでおり、看病していた慧にうつったのだ。できれば彼女も寝ていたかったが、あいにく冷蔵庫が空だった。栄養のつくものを買ってこないと。

空良が布団をかぶったまま言った。

「こんなときに外に出るなんてどうかしてるよ！　肺炎になったらどうするんだ！」

外では雨風が荒れくるっていた。

「だから、大丈夫ですって。下のスーパーまで行って戻ってくるのに一時間もあれば十分ですから。わたしはこう見えても健脚なんです」

「それは健康なときの話だろ?」空良が苛立《いらだ》った声を出した。「どうしても食材が必要だっていうならぼくが行く！　どう見たって、ぼくのほうが慧よりマシだ」

「だめです！　わたしが行きます！」慧も声を荒らげた。空良が手を放した。驚いている。

——わたしだってびっくりだ。誰かをこんなふうに怒鳴ったのはいつ以来だろう。熱のせいもあって感情がうまくコントロールできない。いや、違う。空良さんと暮らすうちに〝ふつう〟になってしまったのだ。嬉しいときには喜び、哀しいときには泣き、ムカッときたら怒ってしまうのだ。

空良が頭をかいた。

「なんだってそんなに意地を張るんだよ。ぼくが行くって言ってるんだから、任せてくれよ」

「ダメです！　空良さんは病人なんです」

「慧だってそうだろ」

「わたしはいいんです。わたしにとってはわたしなんかより空良さんのほうがずっと大事なんです！」

――あー、もう。熱のせいだ。思ったことがそのまま口から出てしまう。

空良が彼女の手をつかみなおした。無理やり布団の中に引きずり込む。彼の匂いに包まれた。

空良が言った。

「ぼくだって、ぼくよりも慧のほうが大事だ」

慧は抵抗しようとしたが、彼の言う通り、彼のほうはほぼ回復していた。

されるがままになりながら、この場合、布団と豪雨、どちらが〝キー〟になるのかしら、と思った。

２０１８年7月25日　自宅

慧は空良からもらったネックレスをつけ、姿見の前に立った。

「似合ってるね」空良が後ろから言う。

彼女は振り返った。

「ありがとうございます。この服によく合うと思ったんです。この服、見覚えありませんか？　あのときも着ていたんですけど」

空良が眉を寄せた。

「二回目のデートのとき、かな？」

慧は黙っていた。

「店での顔合わせのとき？」と空良。

「違います。三回目のデートのときに着てました」

彼が大げさに頭を抱えた。

「あー！　そうだと思った」

「まったく覚えてないじゃないですか」慧は口を真一文字に結んだ。

「いや、あとちょっとだったんだよ」

「それじゃあ、次の質問です！」

空良がわずかに顔をしかめた。

「まだ続くの？」

「このブレスレット、これはいつのデートでつけたものでしょうか！」

慧は手首に巻いたビーズのブレスレットをかかげた。

「一緒に川崎《かわさき》の映画館に行ったとき？」

「わたしたち、一緒に川崎に行ったことないんですけど。誰と行ったんです？」

「いや、いやー、その」空良が目線をそらした。

「もう。次が最後ですよ。間違えたら罰ゲームとして今日のデート代は全部おごってもらいますから。このネックレスは誰からもらったものでしょう？」

「そうだな、石川県のご親戚かな」

「おごってくれようとしてワザと言ってるでしょう。自分でプレゼントしたくせに」

「うん。バレたか」

口調とうらはらに、空良の顔は浮かなかった。

慧は言った。

「あの、お財布が厳しいようでしたら、おごっていただくのは次の機会でもよろしいですよ」

「そういうわけじゃないんだけどさ」

その日、デートの間中、空良の顔色は優れなかった。

2018年7月30日　自宅

慧が昼シフトを終えて部屋に帰ると、夕日が差し込む中、空良が壁にもたれて茫然《ぼうぜん》としていた。彼の手元には、見慣れた煎餅缶があった。真夏日だというのにエアコンもつけず、キーボックスの缶コーヒーを見つめていた。開け放した窓からアブラゼミが入り込み、彼のすぐそばで鳴き始めた。

「あの、空良さん、ただいま」

慧は小声で言うと、荷物をそっと床に置いた。

空良が顔を上げた。「お帰り」と返す。

「あのー、それ、わたしの〝キー〟ですよね?」

「ああ」彼がうなずいた。「ぼくも慧みたいに、〝キー〟を使って二人の思い出に浸《ひた》ってみたくなってさ」

慧は首を振った。

「ふつうの人には無理ですよ。思い出したいならわたしに言ってください。空良さんとのことは残らず覚えてますから。いや、まあ、ほんとのことを言うと、生活のあらゆることを覚えているですけどね。あはは」

慧の冗談に、彼が微笑んだ。

ほんの少しだけ、いつもの笑みと違う気がした。

２０１８年８月２日　自宅

夕刻、慧はキッチンに立ち、コマツナを洗っていた。レシピ動画がまるごと頭に入っているので、すいすい料理が進む。

空良は和室でテレビを見ている。その様子を横目で眺《なが》めながら、彼女は記憶を探った。七月二十五日から彼の様子がおかしい。ただ、その日の朝からの自分の振る舞いを脳内でチェックしても、思い当たるところがない。

――わたし、いったい何をしたのかしら。

慧の中で不安が膨らんだ。何かやらかしたのなら謝りたいが、原因がわからないうちに謝れば、彼は余計に気を悪くするだけだろう。

当の空良がキッチンに来た。

「あのさ。大事な話があるんだけど」

大事な話？

「な、なんの話ですか？」

急に喉《のど》が渇いた。

水が欲しい。

「うーん。その、ちょっと言いづらいんだけどさ」

叫びだしたくなった。

——なに？　なんなのこの雰囲気。

空良が頭をかいた。

「別れよっか」


喉が詰まった。息ができない、言葉が出ない。

何度も口を開け閉めし、ようやく音になった。

「ぜ、絶対に嫌です。なんで急にそんなこと言うんです？」

シンクの蛇口《じゃぐち》から、水滴が一粒落ちた。音がやけに響いて聞こえた。

空良が言った。

「急じゃないよ。言い出せなかっただけで、前から冷めてたんだよ」

「嘘です」

――わたしにはわかる。

記憶の中、いままでに見た空良の顔がよぎった。いまの顔は嘘をついている顔だ。つまり、彼だって別れたくないのだ。

「嘘じゃない」

――ほら、いまも顔に書いてある。彼はわたしを好きなままだ。

「嘘です！」

空良が息を吐いた。

「ぼくたちさ、合わないよ。わかるでしょ？　ぼくと慧は真逆だ。ぼくたち、お互いにもっと合う人がいるよ」

――なに？　本心は違うはずなのに。なんでこんなことを言うの？

――わたしは表情からその人の感情を読み取れると思っていたけど、全部勘違いだった？

――それとも、好きになった相手の本心はわからなくなるの？

慧は叫んだ。

「わたしには空良さんだけです！」

彼が、ぽつりと言った。

「でも、ぼくは慧さんだけじゃないんだよ」

慧は涙が頬を伝うのを感じた。そう、彼には選択肢《し》がある。わかっていたことだ。

「でも、空良さんを幸せにできるのはわたしだけのはずです」

「そんなことないさ」彼が気の毒そうに続けた。「そのさ、あんまり言いたくなかったんだけど、正直、気味が悪いんだよね。君のその記憶力。ぼくはふつうのコと付き合いたいんだよ」

記憶が定かでなかった。滅多にないことだ。

壊れたレコーダーのように、場面がとびとびに記録されていた。

ショックのあまり、茫然自失となり、周囲を認識できなかったのか。

次に覚えているのは、キッチンで泣きながら空良の胸を叩くところだった。

「どうして嘘ばっかりつくんですか？　お願いだから、本当のことを言ってください！」

自分の声が他人の声のように響いていた。


空良は暗い玄関にかがみ、スニーカーを履《は》こうとしていた。動きは鈍かった。

慧は言った。

「なんで、こんなひどいことするんですか？」

空良は立ち上がった。

慧はさらに言い募った。

「お願いです。お願いだから教えて」

空良は振り向いた。

彼の口が動いた。

だが、言葉は出てこない。

慧は、何もかもが冷えていくのを感じた。

どこか遠いところで、ドアの閉まる音がした。


慧は玄関にうずくまり、泣き続けた。

頭の中で空良との記憶が何度も再生され、最後には別れのシーンに落ち着いた。

彼の口が動く。しかし、言葉はない。

——なんて言いたかったの？

問いかけたいが、記憶の中の慧は、その場に崩れ落ちてしまい、空良はそのまま部屋を出て行ってしまう。何度繰り返しても、彼は出て行くのだ。

慧は何十回、何百回と別れの瞬間を繰り返し、傷つき続けた。

夜が更けた。体を引きずり、どうにか布団に入ったが眠れない。眠気はあるのだが、目を閉じても意識が遠のかないのだ。

朝方、気を失うように眠りに落ちたが、すぐに別れが再生され、汗だくになって目を覚ました。

部屋の中は静まり返っていた。聞こえるはずの空良の寝息が聞こえない。彼の体温はなく、空気は冷たかった。

首を回して隣を見る。もちろん空良はいない。

現実が押し寄せてきた。

慧は布団に潜り込み、嗚咽《おえつ》した。

☆　☆　☆

気がつけば、窓から夕陽《ゆうひ》が差し込んでいた。

軒先《のきさき》に止まったアブラゼミが、ひたすら鳴き続けている。

まもなくバイトの時間だが、行く気になれなかった。

布団の中から店長に電話して休むことを伝えると、店長は言った。

「おいおい、二人ともなの？　いや空良のやつがさあ、急に辞めたいって言ってきてさ。ひょっとして君たち、何かあった？」

——辞める？　慧は身を起こした。このまま空良さんに会えなくなる？

握りしめたスマホで空良の番号をコールした。

——いったい何を言うつもり？

慧は血が出ないギリギリまで唇を噛《か》んだ。

——わたしたちはもう終わったのよ。でも、もう一度、はっきり理由を聞くくらいは。

電話はつながらなかった。機械の音声が「この番号は現在……」と無情に告げた。

慧はメイクもしないまま外に出ると、自転車を飛ばした。

ペダルをこぎながら考える。空良さんのアパートはどこ？　いまさらながら、一度も行ったことがないことに気づいた。彼は家を教える気がなかったのだ。

しかし、空良が初めて店に来た日、店長が彼の履歴書を振り回していた。彼女はきれいな字で書かれた住所をはっきりと覚えていた。

二十分後、神奈川区にあるアパートに着いた。慧のアパートに負けず劣らずボロボロだ。

二階の角部屋の前に老婦人が立っていた。部屋の扉は開いている。

慧は老婦人にたずねた。

「あ、あの、すみません。日野山さんのお部屋はこちらでしょうか？」

老婦人がほっとした表情を見せた。

「あなた。彼のお友達か何か？」

「バイト先の同僚です」

答えながら、彼女はまた嫌な予兆《よちょう》を感じていた。

老婦人が言った。

「彼の新しい連絡先、わかるかしら？　荷物の送り先を聞きたいのだけれど」

「送り先？」

「それがね。昨日、『引っ越しました』って留守番電話に残してきたの。敷金の返却は不要、荷物は全部処分してくれって言ってたんだけど、そうもいかないじゃない？　なのにかけ直したら電話番号を変えたみたいで連絡がつかないの。困っちゃうわあ」

空良は手がかりを残さず、消えた。

第三章

過去

２０１８年８月11日　自宅

次第に眠れなくなった。

布団に入るたびに、別れの日に泣き続けた記憶がよみがえった。目覚めた瞬間の空虚《くうきょ》な部屋の感覚。汗と涙を流しながら目を開くと、やはり空良《そら》はいない。どうにか眠ろうと目を閉じると、今度は玄関に立つ空良の姿が浮かんでくる。発せられなかった言葉。そしてドアが閉まる音。心が引き裂かれる。また泣きながら目を覚ます。

そんなことを繰り返すうち、どんなに疲れていても眠れなくなった。まるで、脳が別れの恐怖をこれ以上味わいたくないかのようだった。

不眠は地獄《じごく》の苦しみだった。頭痛、倦怠《けんたい》感、飢《う》えのような眠りへの渇望《かつぼう》。

アルコールの力を借りるしかなかった。酒は嫌いだが、がぶ飲みすれば気絶同然に意識を失うことができた。朝、頭の痛みとともに目覚めるが、少なくとも記憶の再生はない。

大量の〝キー〟が問題を引き起こした。

アパートのあらゆるものが、空良との〝キー〟になっていた。

まな板を持てば、強制的にまな板を洗っていた空良の姿を思い出す。「後片付けくらいさせてよ」そう言う彼を見ながら、慧《けい》は幸せを感じた。直後、別れの記憶が始まる。言葉にならない言葉、そして二人の終わり。

壁に掛けたカレンダー、玄関のスリッパ、畳《たたみ》の目、テレビのリモコン、バスタオル、何もかもが空良の〝キー〟なのだ。

引っ越そうとも思ったが、じわじわ湧いた空良への怒りがそれを押しとどめた。

――彼はわたしがこうなることをわかっていたはずだ。別れれば、わたしはずっとずっと苦しむ。なのに、別れの理由すらまともに説明しなかった。

――そのうえ引っ越すなんて冗談じゃない。ここは、わたしが長い時間を過ごした愛すべき部屋だ。ボロでも、わたしの家だ。出て行くのは彼のほうだ。

慧は空良にかかわるあらゆるものを捨てた。

彼が寝ていた布団、彼が持ち込んだ小説や漫画、彼の歯ブラシ。押し入れに頭をつっこみ、キーボックスを探した。映画の半券、ビニール袋に入った桜の花びら、缶コーヒー、思い出の〝キー〟の詰まった煎餅《せんべい》缶。あんなもの捨ててやる。

キーボックスは見つからなかった。

――なくすはずがない。

彼が持ち出したのだ。

――なぜ、そんなことをするの？　わたしに自分のことを思い出させないようにしようというわけ？

疑問がよぎったが、すぐにどうでもよくなった。

――持っていってくれて幸いよ。捨てる手間が省けたもの。

部屋のカーテン、電灯、畳、あらゆるものを新品に交換した。それでも空良の記憶は頻《ひん》繁《ぱん》に再生された。一度始まると、なかなかループから抜け出せない。

記憶力が心底恨めしかった。

――もう捨てるものはない。なのに、彼はまだここにいる。

慧は窓のそばに腰を下ろし、丘の頂上のゴミ焼却場の煙突を眺《なが》めた。白い煙がゆっくりと空を流れていく。

――ふつうの人なら、いずれは失恋から立ち直れるのに。わたしは、いつまでも振られた瞬間のまま、前に進める気がしない。

慧はスマホを取りだした。

２０１８年８月12日　Ｙ大学医系研究棟三号館三階　研究室

恭一郎《きょういちろう》が慧の顔を見て眉をよせた。

「ひどいな」彼はあごでソファを指した。慧は倒れるようにソファに座り込んだ。

「眠れないんです」

「連絡をよこすのが遅いよ。ここまでひどくなる前に来てくれ」

「すみません。記憶の問題なのか、単なる精神的な疲れなのかわからなくて」

「例の男の子か？　どうなった？　先月の検査のさいは無事に付き合えたと言っていたじゃないか。何かあったのかい？」

慧は顔を伏せた。

恭一郎がコーヒーメーカーから一杯分を抽出《ちゅうしゅつ》して、彼女の前に置いた。

「まあ、そういうこともあるさ。人生は長いんだ」

「はい」

「ただ、君は特別だからね。ループはどれくらいの頻度《ひんど》で起こっているんだい？」

「一日中です」

「そんなに？」

「あらゆるところに彼との〝キー〟があるので」

恭一郎が腕を組んだ。

「ともかく初めから話してくれ」

恭一郎にうながされ、慧は堰《せき》を切ったように話した。

恭一郎がメモを取りながらつぶやいた。

「連絡先を潰して、引っ越しまでするとは。ろくでもないやつだな」

「い、いえ。空良さんがろくでもないのではなく、きっとわたしに問題があったんです」

恭一郎がペンを落としそうになった。

「空良？　君の恋人の苗字《みょうじ》は？」

「日野山《ひのやま》ですけど」

恭一郎の顔から血の気が引いた。

「ご存じなんですか？」慧はたずねた。

彼は書棚に並んだ大量のカルテを指した。

「患者だよ」

「せ、先生の患者？」

恭一郎が居住まいをただした。

「もう一度、出会いから話してくれないか？」

彼は話を聞きながら、メモにさらに書き加えていく。ときおり、恭一郎の指示で説明を省いたものの、話が終わるまでに二時間かかった。

恭一郎が自分の執務机に移動すると、パソコンを起動した。彼女のバイト先に空良が現れたという日付以前の診察予定を調べた。

恭一郎は長く細いため息をついた。

「わたしの責任問題だな。彼が君のところに現れたのはおそらく偶然じゃない」

「偶然じゃ、ない？」慧は問い返した。

恭一郎は頷《うなず》いた。

「過去に彼と君の診察日が重なったことが、二度あった。そのどちらかで、どうしたわけか君のことを知り、接近したんだろう」

「な、なんでそんなことを？」

「彼の病気に関係があると思う。彼は非常に特殊な健忘症なんだ。君とは逆で、記憶を保持できない。あの年齢で発症するのはたいへんに珍しいよ」

恭一郎がボールペンを噛《か》んだ。

「彼がわたしのところに来たのは、セラピストの紹介だった。両親を亡くした子供がいるんだけど、様子が変だ、ということで回されてきたんだ。彼が小学校六年生のときだったな。彼は、親が亡くなったことをまったく哀《かな》しんでいなかった。それどころか、親が亡くなったということを知らなかった。セラピストがそれを告げるたびに、まるで初めて知らされたかのように泣くというんだ。親が亡くなる前後数カ月の記憶がすっかり飛んでいたんだよ」

慧は幼い空良を想像して胸が痛くなった。両親の死を知るなんて人生に一度で十分だ。

――わたしは何百回も体験しているから、その苦しみはよくわかる。

恭一郎が続けた。

「日常生活における支障は相当なものだった。ノートを使った記憶の引き継ぎで、多少改善されたが、早晩限界が来ることはわかっていた。彼の記憶力は年を追うごとに弱くなっていった」

慧が言った。

「そんな彼が、どうしてわたしに興味を持つんです？」

恭一郎がボールペンを回した。

彼は椅子《いす》から立ち上がると、書棚をごそごそと探り、一冊のバインダーを抜き出した。挟み込んであった資料の束を取り出すと、慧に渡した。

「彼と、担当セラピストとの記録だよ」

『昨日、父さんと母さんがいなくなった』

〝昨日？　空良くんのご両親が亡くなったのは去年でしょう？〟

『そういう意味じゃないんだ。昨日、ぼくの中から二人が消えたって意味だよ。思い出せなくなったんだ。写真やビデオを見ても、ぴんと来ないんだよ。まるでぼくの知らない他人が写っているみたいだった』

〝恭一郎先生に言った？〟

『まだ。でも、先生だってなんにもできないさ。この病気は治せないもの』

〝そうと決まったわけじゃないわ〟

『無理だよ。ぼく、知ってるんだ。この病気を発症して長く生きられた人はいないんでしょ？　いずれ、身体《からだ》が弱って、死ぬんだ』

〝空良くん〟

『死んでから、何年かしたら、みんなぼくのことを忘れるんだ。ぼくが父さんと母さんを忘れちゃったみたいに。それで、ぼくはこの世から消えちゃうんだ。初めからいなかったも同然になるんだ』


慧は記録を恭一郎に返した。動揺で思わず手が震えた。

恭一郎がバインダーに挟み込む。

「彼は、自分が消滅することを何より恐れていた。人の記憶から消えるのを恐れた。そこで、君を選んだんだ。君は完璧な記憶力の持ち主だ。君が生きている限り、彼という存在がなくなることはない」

ようやく、彼の言動の一部が理解できた。

――空良さんは、わたしが好きだから告白したんじゃなかった。

告白のとき、彼の表情に隠れていたのはこれだったのだ。

不思議と怒りは湧かなかった。

――空良さんのしたことはひどい。でも、空良さんはわたしと付き合い、本当にわたしを好きになってくれた。そこに嘘《うそ》はなかった。

慧は息を吐いた。

「空良さんは、どこでわたしのことを知ったんですか？」

「論文からだろう。覚えているかな？　わたしは君の症状をまとめて、定期的に学会に報告している。日野山くんは記憶について勉強熱心だったからね。わたしの論文にも目を通し、ノートにまとめていると言っていたよ。ただ、どうやって君の個人情報を得たのか」

慧は恭一郎に頼んだ。

「空良さんに会いたいんですが」

恭一郎が黙って目を伏せた。

「彼は、わたしの個人情報を閲覧《えつらん》したんでしょう？　なら、わたしだって」

「いや、そうじゃない。主治医として、わたしだって会えるものなら会いたいさ。でも、電話はもちろんメールもつながらない。行方《ゆくえ》不明なんだ」

２０１８年８月12日　ネットカフェ　△△△M町店

空良はネットカフェのブースの中で膝《ひざ》を抱えていた。

ヘッドホンをつけてパソコンの画面を食い入るように見つめる。画面の中では、女優が笑っていた。邦画の『幸福の黄色いハンカチ』だ。──リピートするのは何回目だろう。三回目？　四回目？　いや、もっとかもしれない。

時計を見ると、時刻は午後の六時とあった。──店に入ったのは何時だろうか。午前中か、それとも昨晩か？　身に着けているシャツの汚れ具合からすると、ひょっとしたらもう一週間くらいいるのかもしれない。

健忘は日を追うごとに悪化していた。この映画も、リピートし続けているというのに、面白くて仕方がない。内容をすっかり忘れてしまっている。自分自身のこともしかりだ。

どこで生まれたのか、どんな家族と暮らしてきたのかが、断片的にしか思い出せない。自分の人生はいつもそうだった。ほかの人が持っているような思い出というものが非常に少ないのだ。少しでも埋め合わせるために、彼は映画にのめりこんだ。映画を観《み》ることで、失った体験を取り戻せるような気がしたのだ。

画面の中で高倉健《たかくらけん》が泣いていた。

心底うらやましかった。

慧に会いたかった。ほかのすべてを忘れても、彼女のことだけは忘れるはずがない。もう一度、あの切れ長の目を見つめたかった。あの遠慮がちな声を聴きたい。痩《や》せ形の体を抱きしめたい。

だが、できない。もう、日常生活もままならなくなり始めている。

慧に病気について打ち明けることも考えた。彼女は自分を受け入れてくれるだろう。彼女は優しいのだ。どんなことがあっても、彼を見捨てることなどしない。

だが、そうしてどうなる。自分の脳はやがてすべてを忘れてしまうのだ。体も衰《おとろ》え、この世から消える。彼女は死別を経験するのだ。きっと耐えられない。家族を失った思い出だけでも、あれほど悲惨な状況になったのだ。このうえ、目の前で恋人を失えばどうなる。

だから、別れた。

――でも、ぼくは耐えられるんだろうか。

空良は体を丸めた。

絶対に忘れてはいけない。なぜ、慧と別れたのか。それを忘れてしまったら、会いに行きかねない。

慧に会ってはいけないのだ。絶対に見つからないようにしなければ。彼女の記憶力はすさまじい。迂闊《うかつ》な行動をとれば、すぐにこちらを見つけ出すだろう。そのためにも、すべてを捨てるほかなかった。

いずれ、彼女は別の誰かと恋に落ち、結婚し、家族を作るだろう。幸せをつかみ、生活の中で、ごくごくまれに元カレのことを思い出すかもしれない。彼女をひどく傷つけたろくでもない男として。

それでいい。

２０１８年８月13日　自宅

慧は、下着を丸めるとボストンバッグにつっこんだ。

昨日、恭一郎から聞いた言葉が頭の中を回っていた。

「病状の進行具合からみて、日常生活に支障をきたし始めているはずだ。早く保護しないと」

居ても立ってもいられなかった。彼女は携帯を取り出すと、恭一郎の番号をコールした。

恭一郎が眠そうな声で出た。

「六時十七分？　こんな早い時間にどうした？」

「すみません。一刻も早くと思いまして。わたし、いまから空良さんを捜しに行きます」

電話の向こうで恭一郎が起き上がる音が聞こえた。

「待て。むやみに動いてどうなるものでもないぞ」

「大丈夫です」

恭一郎が電話口の向こうで少し沈黙した。

「大丈夫って、なにがだい？」

「空良さんと話したことはすべて覚えています。彼が好きだった場所、行きたかった場所、全部です。見つけたら、すぐに連絡しますから」

「そうか。君の記憶なら——」

慧は恭一郎の声を最後まで聞かず、電話を切ってボストンバッグを閉じた。

相鉄線《そうてつ》で横浜駅《よこはま》に出ると、市営地下鉄で新横浜駅に移動した。新幹線のホームでひかりを待つ。まだ八時を回ったばかりなのに気温は高く、空気はどんよりと蒸し暑い。お盆《ぼん》の時期とあって周りは帰省客や行楽客で溢《あふ》れていた。ファミリーやカップルが楽しそうにはしゃいでいる。気の早い小学生男子が「ユニバ！」と連呼していた。

隣に誰かが立った。ずいぶんと距離が近い。

おそるおそる見上げると恭一郎だった。ジーンズにしわのよったワイシャツ姿だ。

慧は頭を下げた。

「おはようございます」

——どうしてここにいるんですか？　彼女が聞く前に、恭一郎は言った。

「まず実家に当たるだろうと思ってね。わたしの家はここのそばなんだ。知らなかったろう？　君の電話があってから張っていたのさ」

「まさか、一緒に来てくれるんですか？」

恭一郎が頷いた。

「〝ループ〟が増えてるんだろう？　はまり込んだとき、引き上げる人間が必要なはずだ」

「でも」

「手伝わせてくれ。彼の行動にはわたしにも責任がある」


車窓の田園風景が猛スピードで後方にすっとんでいく。

慧は見るともなく外を見ながら、空良から聞いた、彼の子供時代の話を再生していた。

まずは実家だ。半年前、映画館で彼が財布を出したときの記憶を引き出す。あのとき慧は、ちらりと見えた運転免許証の写真に思わず見入った。集中して目にしたものは、普段以上に細かく記憶される。写真の上の旧住所も番地まで見えていた。

記憶をさぐり、空良の言葉を振り返る。彼の実家には、彼の叔父《おじ》家族が住んでいる。そこに身を寄せた可能性は高い。それとも、彼の小学校六年生のときの担任だろうか。両親を亡くした彼が信頼していた数少ない大人の一人だ。履歴書で見た小学校の名から追いかけられるはずだ。

隣で恭一郎が咳払《せきばら》いした。慧は現実に戻った。恭一郎が何か言いたげにこちらを見ていた。

「どうしました?」

彼がまた咳払いした。

「その、忠告しておいたほうがいいかと思ってね。無事に彼が見つかっても、君が思うようには運ばないかもしれない」

「わたしを覚えてないかもしれない。もし覚えていたら、また振られるだろう、ですね?」

車内アナウンスが流れた。空良の故郷まであと少しだ。

2018年9月8日　レンタルビデオショップ×××　T町店

華《はな》はカウンターに頬杖《ほおづえ》をついていた。

店長から、勤務中は姿勢よく立っているよう言われているが、深夜一時を回り、客も来ないのだから構いやしない。頭上のスピーカーからは、店長好みの古くさいJポップが流れ続けている。蒸し暑い夜だ。寿命の近いエアコンがガタガタと震えている。吹き出し口は結露し、ときおり水滴が真下のバケツに落ちた。

——空良さんは今頃何してるの？　手元のシフト表を眺めながら思った。

あの二人がそろって辞めたせいで、T町店のシフトが回らなくなった。そのため、急きょF町店から戻されたのだ。空良がいないのだから、辞めてしまおうか。そんな考えもよぎったが、店長には借りが多い。それに、どうせほかにすることもないのだ。

華は大あくびをした。

空良に振られて以降、何もかもがダルい。返す返すも、彼と付き合えなかったのが口惜しかった。しかも、よりによって負けた相手がジミー先輩だなんて。

自動ドアが開いた。

あわてて身を起こし、「いらっしゃいませ！」と声掛けする。

華は固まり、目を瞬《また》かせた。

入ってきたのは空良だった。

「空良さん？」華はたずねた。

彼は不思議そうに店内を眺めていた。様子がおかしい。髪の毛にワックスもつけず、寝癖が残ったままだ。シャツはしわだらけ、足元は安っぽいサンダルだ。手には、スーパーのビニール袋。袋の口から覗《のぞ》いているのは、草加《そうか》煎餅の缶だ。

空良が言った。

「ぼくを知ってるの？」

華は手元のシフト表を見た。店長の字で空良の名前の横に〝退職〟と記してある。

「知ってるも何も、ここで一緒にバイトしてたじゃないですか？　まあ、空良さんは、先月、辞めちゃってますけどね」華は言いながら、シフト表を指した。

「たしかに、この店で働きたいと思っていた覚えがあるよ。でも、募集がなくて、ひとまず別の店に入ったんじゃなかったっけ？　あれ？」

——空良さん、何を言ってるわけ？　それに、彼のあたしを見つめる目、まるであたしとも初めて会ったみたい。

華はカウンターを出ると、彼の横に立った。

「大丈夫ですか？　具合悪そうですけど」

空良は首筋をかいた。

「いや、単に覚えてないだけだよ」

「何を？」

「その、いろいろさ。どうやら記憶の調子がよくないみたいだ。ものすごく大事なことをいくつも忘れた気がする」

空良は自分の額《ひたい》を執拗《しつよう》にもんだ。

──記憶に問題？　華は彼を見つめた。じゃあ、辞めたのはそのせいなの？

近づくと、空良は妙に垢《あか》じみていた。爪は汚れ、シャツの襟首《えりくび》にはフケがついている。

「空良さん、どこに住んでいるんです？」

空良が遠い目をした。

「ネットカフェだと思う」

──だと思う？

「空良さん、ジミー先輩はどうしたんです？」

「ジミー先輩？」

「慧さんのことですよ」

「慧？」空良がようやく華に顔を向けた。「それ。聞いたことがある」

「ええと、あたしたちの共通の知人ですよ」

彼が目を細めた。

「そもそも、君、誰だっけ？」

「忘れちゃったんですか？」

「ごめん」彼は申し訳なさげに頭を下げた。

華は微笑《ほほえ》んだ。

「あたしは、空良さんの恋人ですよ」

２０１８年９月15日　自宅

空良の実家近辺では、何の収穫もなかった。現在、彼の実家には、遠縁の叔父《おじ》を名乗る人物が住んでいた。空良のことはほとんど何も知らなかった。空良の家族は交通事故で亡くなったのだという。父親がブレーキ操作を誤ったのが原因で、まったくの自損事故だった。近隣の親戚が持ち回りで空良の面倒を見ることになった。とはいえ、実家を空けておくのは物騒だということで、この叔父が入ったのだ。話を聞き終え、家を出たあとで、恭一郎が「直線道路でいきなりサイドブレーキを引いた？　彼の父親も同じ症状を発症していたのか?」とつぶやいた。

空良の小学校時代の同級生や担任、思いつく限りすべての人に当たったが、現在の彼についての収穫はなかった。二人は、彼の叔父に協力を求め、三人で警察に捜索願を出した。

慧と恭一郎は、三日後、横浜に戻った。

その後、一週間が過ぎても、警察からの連絡はなかった。

慧は、これまで以上に眠れなくなった。目を閉じれば、記憶の再生よりも早く、行き倒れている空良の姿が現れた。想像だし、記憶ほどのリアリティはないが、見るたびに汗が噴き出した。未来への恐怖は、過去への恐怖よりずっと強かった。深夜、掛布団をかぶって、窓から夜景を眺めていると、ふいに空良の声が聞こえた。『嬉《うれ》しくて眠れなかったんだよ』。布団と景色の組み合わせが〝キー〟になっていると気づいた。記憶が再生されていた。初めて一緒に夜を過ごした日の早朝だった。並んで布団をかぶり、この窓から外を眺めていた。慧は『わたしもです』と返した。空良は微笑んで『今日のことは忘れないよ』と言う。

再生が終わったあと、慧は布団に顔を押しつけた。

2018年9月29日　華の自宅

「君、本当にぼくの恋人なの？」

　空良の言葉に、華はリビングのソファに座ったまま動けなくなった。

　二人がいるのは、海が見えるタワーマンションの三十二階だった。華は、父親が二十歳年下の妻と再婚して以降、ここに一人で住んでいた。巨大なガラス窓の向こうではシーバスが観光客を積み込み、白波をたてて進んでいた。遠くの工場が煙を吐いている。

　空良は、華の隣に腰を下ろし、澄《す》んだ目で静かに彼女を見つめている。

　華は動揺を抑えた。

「そうですよ。あたしは彼女。急にどうしたの？」

　空良が頭をかいた。

「ぼくたち、どうやって出会った？」

「前も言ったじゃないですか。空良さんが、デパートの前であたしに声をかけた、でしよ？」

「違う。ぼくは君のあとをつけたんだ」

「つけた？」

「ああ、病院の窓口だった。会計の人が、三日後に沖縄に行くんだけど天気が心配だと言った。すると、君がこう言った。『降水確率が七十パーセントですもんね』って。会計の人は『さすがの記憶力ねえ』って返した」

華は喉《のど》が渇くのを感じた。

空良がさらに言い募った。

「不思議と、すぐに君だとわかった。先生の論文にあった〝彼女〟だって。君は病院を出て、ぼくはあとをつけた。よくないってわかっていた。でも、君はぼくを覚えていてくれる世界でたった一人の人だ。だから――」

彼が目を見開いた。

「そうだ。ぼくの恋人は慧さんだ！」

「うん」華は頷いた。「だから、あたしがその〝慧さん〟なの」

２０１８年10月15日　横浜駅　ＪＲ中央改札

早朝から、慧は横浜駅のＪＲ中央通路の隅《すみ》に立っていた。何千、何万という駅利用者が彼女の前を通り過ぎていく。慧は景色を目に焼きつけた。頭が疲れてくると、パーカーのポケットから角砂糖の袋を取り出し、口に放り込んだ。

三十代半ばのサラリーマンが、改札を通りながら慧に目をやり、ぎょっとした表情になった。ひどい顔なのは鏡を見ずともわかっている。ここに来るようになって二週間だ。ものすごい隈ができているのだろう。

彼女は、駅の利用者全員をチェックしていた。意識さえしておけば、目にした光景は記憶される。夜、睡眠時間を削って、空良がいないか利用者一人一人を確認するのだ。非効率的だとわかっていたが、何もせずにはいられなかった。

足元がふらついた。エネルギー切れだ。ポケットに手を入れた。角砂糖の袋を引き出そうとしたが、何かにひっかかっている。仕方なく、目線を下に移した。

２０１８年12月２日　横浜駅

雑踏の中、〝慧さん〟が空良の手を引いた。〝慧さん〟が言った。

「空良さん、前にも言ったでしょう？　空良さんは病気なんだから、家の外に出ちゃダメなんです。見守り用のＧＰＳがなかったら、たいへんなことになってましたよ」

「ご、ごめん」空良は頭をかいた。彼女の言う通りだ。家の中にこもっているのが嫌になり、彼は彼女に黙って横浜駅まで足を延ばした。そこまではよかったのだが、途中、道に迷ったのだ。横浜で何年も暮らした覚えがあっただけに、まさか迷子になるとは思わなかった。途方にくれたところで、〝慧さん〟が必死の形相で迎えに来たのだった。

二人は駅の中央西口から東口に抜けようとした。空良は何気なく、改札口を見た。改札機の端《はし》に、一人の女性がいた。灰色のパーカーにジーンズ姿だ。髪形やメイクをきちんとすれば、かなり美しいだろう。不思議と目が吸い寄せられた。彼女を知っている。そんな気がしてならなかった。彼女は目線を下ろし、ポケットから何かを出そうとしていた。

〝慧さん〟が「早く行きましょう！」と手を引いた。

２０１８年12月４日　華の自宅

〝慧さん〟として演技を続け、三カ月が過ぎた。

華はリビングで大量の洗濯物を畳んでいた。何かと空良が汚すので、タオルの枚数が異常に多い。もう一回転させないと。華はそうつぶやいて立ち上がった。

窓の外には寒々しい空が広がっていた。眼下を舞うカモメの群れは、どこか悲壮感を漂わせていた。風に吹かれ、西へ東へ流される。

ふいに、玄関の扉がノックされた。

——宅配業者？　華は顔をしかめた。ここまで来るには、一階のセキュリティを通らないといけないはずだ。

華は壁のインターホンを見た。なぜ鳴らないの？

彼女はリビングから、おそるおそる首を突き出した。玄関の鉄製のドアが妙に頼りなく見える。そのドアロックが回転した。思わず後ずさる。タワーマンションなので、安心しきっていた。——チェーンをかけてない！

扉が開いた。

本物の〝慧さん〟が立っていた。後ろには見たことのない中年男性。

華は深呼吸した。

「なんなのいったい？　何しに来たわけ？」

慧が一歩踏み込み、玄関内に入ってきた。

「空良さんはどこですか？」

「誰？　ああ、あたしたちと同じバイト先にいた人？」

――なんでここがわかったの？　華は逃げ道を探すように左右を見た。

慧が言った。

「一昨日、横浜駅で男の人の〝右手〟が見えたんです。そのときは気づきませんでしたが、昨晩、記憶を振り返っているときに、空良さんの手だってわかったんです。隣にいた女の人の〝左腕〟は、華さんの腕にそっくりでした」

華は、何を言っているのかわからない、というように肩をすくめた。

「てか、なに？　そもそも不法侵入していいと思ってんの？　ピッキングってやつでしょ？」

慧の後ろにいた男が言った。

「いや、管理人からマスターキーを借りたんだよ」

華は男をにらんだ。

「あんた、誰？」

「わたしは日野山くんの主治医だ。彼の病状は相当進行しているはずだ。一刻も早く保護する必要がある。管理人にそう説明したら貸してくれたよ」

「嘘よ。うちの管理会社が、そんなことに応じるはずないわ」

主治医と名乗った男が微笑んだ。

「警察呼ぶわよ！」華はそう言うと、スマホを取り出した。

「呼んで困るのはそちらだと思うがね」男は華の脅しには動じない。

慧が言った。

「空良さんに会わせてください」

「絶対ダメ」

華は後ずさった。

慧が一歩前に出る。

「なぜ？　わたしは空良さんとお付き合いしていたんですよ？」

「でも、もう、別れたんでしょ？　あの人と会う権利なんてないよ。あたしは再会してから、ごはんを食べさせてあげて、寝るところを用意して——」

感情が昂《たかぶ》り、華は叫んだ。

「彼は、もうあたしのなの！　あんたのじゃない！」

彼女の背後の廊下から声がした。

「慧さん？」

空良が奥から顔を出した。


空良は慧の記憶そのままだった。頭をかく仕草、寝癖のついた黒髪、茶色がかった瞳。ただ、着ているものは、華の趣味なのか、アウトロー系のダボついたパーカーだ。

「どうしたのさ、〝慧さん〟」空良は華を見ながら、あの穏やかな声で言った。「その人たち、友達？」

慧は華を見た。一瞬、華と視線が合った。

恭一郎が空良に言った。

「わたしは君の主治医だよ」

空良が顔をこわばらせた。

「ぼく、病院にかかってたんですか？」

「思った以上に進行してしまったようだな」恭一郎が華をにらんだ。華がにらみ返す。

「す、すみません。先生のこと忘れちゃって」空良が頭を下げた。「それで、そちらの女性は？　看護師さんですか？　あれ？　どこかで会ったことありましたっけ？」

慧は少しの間、目を閉じた。哀しみ、後悔、怒り、重い感情で心が沈む。こうなっていることは覚悟していたはずだ。

「おい。彼女は君の──」

慧が遮《さえぎ》った。前々から考えていた言葉が出た。

「あなたの元カノです。復縁してもらうために来ました」

「ぼくの元カノ？　名前は？」

「慧です」声を絞り出す。

「慧？」

空良が怯《おび》えたように華を見た。

華が言った。

「だまされないで！　慧はあたしよ！」

慧は空良の目をまっすぐに見た。

「わたしは慧です」

「違う！　あたしが慧！」と、華が叫んだ。

恭一郎がため息をついた。

空良が華に向かって言った。声が震えている。

「〝慧さん〟が慧さんじゃないなんて、嘘だよね」

「そうよ！　あたしが慧！」

空良が慧を指さした。指先が震える。

「で、でも。この人、見覚えがある。どこか知らないけど、一緒にボートに乗っていた。散った桜が水面を覆《おお》ってた」

「嘘！」華が叫んだ。

「嘘じゃない。ぼくはこの人を知ってる！」

「気のせいだよ！」と、華。

恭一郎が後ろを気にしている。これほどの大声を出していては、周囲の住人に不審に思われるかもしれない。

慧は意を決すると玄関に上がり込んだ。

「空良さん。わたしを見てください。わたしを思い出してください」

彼は強く目を瞑《つむ》ると、両手で耳をふさいだ。

「わからない。何もわからないんだ」

「空良さんを苦しめないで！」

華がそう言って、空良の肩に手を置いた。彼はその手を振り払い、しゃがみ込んだ。

「なんなんだよ。〝慧さん〟が慧さんじゃなかったら、ぼくはいったい誰と暮らしてたんだよ！〝慧さん〟がぼくの彼女だろ！」

慧の中で空良との思い出が再生された。千鳥ケ淵《ちどりがふち》で桜の花びらを手にした彼、自転車の後ろに慧を乗せ、必死にこぐ彼。カウンターの向こうから告白してきた彼、病院の帰り道に傘を貸してくれた彼。

慧は頭を下げた。

「空良さん、ごめんなさい。わたしは慧じゃありません。〝慧さん〟とお幸せに」

慧は踵《きびす》を返し、部屋を出た。

２０１８年12月４日　エレベーター

恭一郎は慧を追いかけ、閉まりかけたエレベーターに飛び込んだ。

扉が閉まり、箱が急降下していく。

彼は呼吸を整えると、背筋を伸ばした。

「何を考えてるんだい？　教えてくれないか？」口調に苛立《いらだ》ちが混ざっている。

慧は操作盤に額を押しつけた。指が一階のボタンを押したまま震えている。

「空良さんが幸せならいいんです」

「幸せ？　彼の幸せは君と暮らすことだろう？」

慧がボタンを連打した。

「違います。いまの彼の幸せは、〝慧さん〟と一緒にいることです。彼は華さんをわたしだと信じていました」

エレベーターの階数表示の数字が見る間に減っていく。

恭一郎は言った。

「彼はだまされているだけだ。マイナンバーのカードか免許証でも見せれば、すぐに君こそが本人だとわかったはずだ」

「そうしてどうなります？　彼が苦しむだけです。彼は〝慧さん〟ではない人と生活を共にしていたことになるんですよ。わたしが邪魔しなければ、彼は華さんと一緒に、穏やかに、幸せに暮らしていけるはずです。なら、わたしは身を引きます。わたしは彼が幸せならいいんです。華さんは、わたしみたいな病気もないし、お金持ちだし、彼のことをわたしと同じくらい心配してくれます」

恭一郎が首をひねった。

「しかしだな、彼は真実を知ってしまったじゃないか。記憶がないだけで判断力は健常人と同じなんだ。あれだけのやりとりで不審に思わないはずがない」

「大丈夫。何日かすれば忘れてしまいますよ」

慧は嗚咽《おえつ》を漏《も》らし、恭一郎はエレベーターの天井をにらんだ。

２０１８年12月14日　自宅

十日が過ぎた。

慧が目を開けると、カーテンの隙間《すきま》から陽光が差し込んでいた。ただ、光は西側から入り込み、色もオレンジがかっている。慧はもう一度、眠りにつこうと目を閉じたが、さすがに眠気は湧いてこなかった。腕を伸ばし、目覚まし時計を確認する。床についたのは昨日の十八時。いまは十六時十七分二十四秒。トイレに起きた以外は、ずっと記憶の中にいた。

慧は夢を見ない。その代わり、睡眠中は過去の記憶が再生される。さきほどまで、彼女は記憶の中で空良と一緒だった。

六月十一日、大雨の中、どちらが買い出しに行くかで喧嘩《けんか》した。空良が『ぼくだって、ぼくよりも慧のほうが大事だ』と言って、彼女を彼の匂いのする布団に引き込んだ。

五月十二日、空良が慧のキーボックスである煎餅缶を覗き込んだ。手を伸ばし、ビニール袋をつかむ。中に入っていた桜の花びらを取り出した。押し花だ。彼はにやりと笑うと、花びらを彼女の頬に押し当てた。『ちょっと!』慧は瞬時に真っ赤になった。

目が覚めた。目元をこすり、体を起こす。関節がきしんだ。

部屋の中はただ静かだった。冷えきっている。パジャマの上から二の腕をこすり、カーテンを開く。弱々しい太陽が西の丘の向こうに沈んでいくところだった。

思わずスマホに手を伸ばした。

――先生に電話して、もう一回、一緒に空良さんを迎えに行くのだ。

でも――。

太陽が沈みきったとき、彼女はようやくスマホを離した。

２０１8年12月18日　保《ほ》土《ど》ケ谷《がや》区　路上

雪が降っていた。

夜だった。弱々しい街灯の光が届く範囲に、降りしきる雪が浮かび上がっている。

慧は坂道を登っていた。一歩踏み出すごとに、積もった雪に足を取られた。辺りは暗い。吐く息が、レインコートの隙間から漏れ出し、白く煙《けぶ》るのがうっすらと見えた。ぶら下げたスーパーの袋が両手に食い込んでいる。

この時期、横浜にこれだけの雪が降るのは珍しい。

寒かった。ブーツの隙間から入り込んだ雪のせいで、靴下が濡《ぬ》れている。手袋もぐっしょりと湿り、冷えすぎたせいか痒《かゆ》みさえ感じる。

一組のカップルが向こうから歩いてきた。相合傘に、お揃《そろ》いのマフラー。女は男に縋《すが》りつかんばかりに身を寄せている。雪がすごいので、傘はあまり役に立っていない。二人とも相手とくっついていない側は真っ白だった。二人とも笑顔だった。

大きなSUVが猛スピードで慧をかすめるように追い越した。小さな悲鳴をあげた。跳《は》ね上がった泥水が彼女の顔を汚した。慧はよろめきながら道の端に寄ると、民家の塀にもたれるようにしてしゃがみ込んだ。袋を置いて、手首で額についた汚れをこする。

民家の窓、カーテンの隙間から温かな光が漏れだしていた。楽しそうな笑い声が響いてくる。首をめぐらせた。どの家の窓にも煌々《こうこう》と明かりが灯《とも》っていた。ラジオだろうか、風の音を割ってかすかにクリスマスソングが聞こえた。

ひときわ強い風が吹き、積もったばかりの雪が舞った。

一瞬、空良と二人で見た桜が頭をよぎった。満開の桜だ。太陽の光を受けてきらきら輝いている。風に吹かれて、桜吹雪《ふぶき》が舞い散る。空良が笑い、語り、彼女に手を伸ばす。

「大丈夫ですか?」誰かが肩を叩いた。

慧は目の焦点を合わせた。いつの間にかうつむいていたらしい。二組のブーツのつま先が目の前にあった。顔を上げると、さきほど通り過ぎたカップルがいた。男のほうが、不安げに言った。

「救急車を呼びましょうか？」

女が手を伸ばし、慧の肩や頭に積もった雪をそっと払った。

「いえ、大丈夫です」

慧は立ち上がると、どうにか微笑んでみせた。

２０１８年12月21日　自宅

咳が天井の木目に吸い込まれた。

あれから、三日寝込んでいた。体中が汗ばんでいて気持ち悪い。船酔いしているかのように吐き気が止まらない。眠って、起きて、また眠った。

何度か、現実でも空良の声を聞いたような気がした。

そして目を開けるたび、彼の気配は消えた。

２０１８年12月22日　自宅

ノックの音が響いた。誰かが外からアパートの扉を叩いているのだ。

慧はぼんやりした頭で思った。――空良さんなの？　いつものように鍵を開けて入ればいいのに。それとも鍵をなくしてしまったの？　だとしたら大家さんに怒られてしまう。

ノックはだんだん強くなっている。

慧は目をこすった。頭を振る。

――違う。空良さんはもういない。

彼との記憶を四六時中再生しているせいで、現実がうまく認識できない。ついさきほどまで、彼と手をつないで横浜駅前を歩いていたのだ。

――なのに、いま、わたしは一人自分の部屋。空良さんは違う女性と暮らしている。

ノックはいまや殴りつけているような音になっている。

――誰なの？　恭一郎先生？　まさか、先生なら携帯を鳴らすはずだ。慧は布団をはねのけると、玄関へ走った。先生以外にわたしを訪ねてくる人なんて一人しかいない！

確信めいた気持ちで扉を開く。冷たい外気が吹き込んでくる。

立っていたのは華だった。真冬だというのにホットパンツ姿だ。濃いマスカラをつけた目を細めていた。

「ひどいところに住んでますね」

「何しに来たんですか？」声に敵意が混じってしまった。

「なんだと思うんです？」華が返した。

慧は唾《つば》を飲んだ。

「空良さんに何かあったんですか？」

華が笑った。

「空良さんは元気よ」

「なら、帰ってください」

慧がドアを閉めようとすると、華が足を差し込んだ。

「ちょっと待ちなさいよ。あたしはあんたに質問するために来たの」

「帰ってください」慧は扉を引いて華の足を追い出そうとしたが、このところ床につきっぱなしだったせいか力が入らない。吐く息が白く煙った。

華が言った。

「あんたさ、空良さんが病気だって知ってて、どうして放り出したりしたわけ？」

慧は華をにらんだ。

「そんなことしてません。彼がわたしを振って出て行ったんです」

「出て行った？」

「そうです」慧は記憶を再生して確認した。「わたしたち二人のためには別れたほうがよいと」

華が肩を震わせた。

「何よ、それ」

「ですから、空良さんが勝手に出て行ったんです」

華が扉を完全にこじ開けた。

「あんた、バカじゃないの？　勝手に出て行った？　あんた、あの人の気持ちがわからないの？　あんたを傷つけたくなかったから出て行ったのよ」

「ど、どうしてそんなことがわかるんです？　単に、わたしが嫌いになっただけかもしれません」

華の声から感情が消えた。

「本人から直接聞いたからよ」

「え？」

「空良さん、たまに記憶が戻るの。一週間に五分くらいだけどね。先々週、戻ったとき、彼がつぶやいたのよ。あんたのことを本当に好きになったから、一緒にいられなかったたって！」

華が玄関の壁を叩いた。

「あの人が、どうしてあたしんちから出ていかないかわかる？　たまに記憶が戻るのに、あんたのところに戻らないのよ？　なんでかわかる？　自分が死ぬことであんたを傷つけたくないからよ」

「華さん」

慧が伸ばした手を、華が払いのけた。

「あたしって、なんなの？　あんたのふりして彼の面倒を見て。でも、彼、見抜いてるのよね。記憶がなくなっているときでも、あたしがあんたじゃないってうすうす感じてるの。だからあたしを抱きもしない。おまけに毎日あんたのことを聞くのよ？　あの日の会話は忘れているのに、『この間、家に来た女の人は誰？』ですって。なんなのあいつっ！」

華が深く息を吐いた。

「だから、もう返す。あんなクズ男の面倒、見きれない」

「華さん」

　華がコートのポケットから鍵とカードを取り出した。

「マンションの部屋の鍵と、エントランスを通るためのカードキー。あたしは、今日で三日間、部屋に帰ってない。もちろん、彼が暮らせる手配はしてあるから安心して。彼は、今頃、あたしのことはさっぱり忘れてる。彼がうっすらとでも覚えているのは、あんたのことだけだよ。まあ、運がよければ、だけど」

　慧は鍵とカードを受け取った。

「ありがとうございます」

　そう言って、慧はサンダルをつっかけて外に飛び出した。

２０１８年12月22日　華の自宅

「空良さん？」

　そう言いながら、慧は鍵を開けて華の部屋に入った。

　空良はリビングにいた。ソファに座り、慧に背を向けるようにテレビを見つめていた。

テレビの中では、ドリュー・バリモアが笑っていた。『50回目のファースト・キス』だ。

一瞬、初鑑賞時の感動が心をよぎった。

彼がこちらをふり返った。柔らかな瞳が慧を見、笑みを作る。

――ひょっとして、いまは記憶が戻っているの？　空良さんは、いつもこうやって笑いかけてくれた。

「あれ？　こないだうちに来た人だ！」と、空良が言った。

慧は笑みを返した。

「こんにちは、空良さん」

彼が眉をひそめた。

「空良って、ぼく？　ぼくは空良っていうの？」

「はい。あなたは日野山空良です」

「そういう君は？」

「わたしは、新川《あらかわ》慧です」

空良がソファの隣を指した。

「よろしく慧さん。よかったら、一緒に観る？　いま始まったばかりなんだ」

彼女は頷くと、彼の横に腰を落ち着けた。

液晶画面の中では、ドリュー・バリモアがボートの船室で目覚めるところだった。これはこの映画の終盤だ。なのに、空良はたったいま映画を観始めたところだと思っている。

彼が言った。

「これ、ぼくの彼女が好きなんだよね。だから、ぼくはこの映画だけを繰り返して観ているんだ。この家にはこのＤＶＤしかないから、多分、もう何百回も観てるんだと思う。ぼくは記憶力が弱いけど、こうすればちゃんと覚えられて、彼女と、この映画の話ができるでしょ？」

ドリュー・バリモアがアダム・サンドラーに笑顔を向けた。

慧も笑顔を作った。

「空良さんの彼女って、どんな人なんです？」

「すごく優しい人だよ。それに慧さんみたいに綺麗《きれい》な人だ」

空良は慧の瞳をまっすぐ見つめていた。彼女も彼を見る。記憶の中、幾万《いくまん》の彼の表情が浮かんでは消えた。傘を貸してくれたあと、何か言いたげだった彼。好きだと告白してきた彼。夜道でふいに手を握ってきた彼。微笑みながら顔を近づけてくる彼。桜の花びらを押し当ててくる彼。

——彼はいつもわたしをからかう。

視界がぼやけた。慧は、目元をぬぐいながら彼をにらんだ。

「ちょっと!」

空良が笑った。

「どうすれば許してくれる?」

「それじゃあ、わたしと、もう一度お付き合いしてください」

２０１９年２月４日　自宅

午前六時半、慧が目覚めると、隣で寝ていたはずの空良の姿がなかった。

焦りながら身を起こすと、空良は窓際に座り、掛布団にくるまって景色を眺めていた。

東の空が白《しら》み始めている。窓ガラスを通して、貨物列車が線路を進む音が聞こえた。

「おはよう」空良が言った。息が白く曇っている。

「おはようございます。今日は早いんですね」

慧は自分の掛布団にくるまりながら彼の横に腰を下ろした。

空良と会話できるのは三日ぶりだった。このところ、記憶の消失が恐ろしく進んでいた。慧は彼との思い出をしょっちゅう話して聞かせていたが、三十分と経《た》たないうちに彼はそれを忘れた。

「嬉しくて寝れなかったんだよ」と、空良。

言葉が記憶を叩いた。彼は以前にも同じセリフを、この部屋、この場所で言った。九カ月前だ。彼が初めてこの家に泊まっていった日だ。再会してからは、すでに十四回言っている。彼女は毎回同じ言葉を返した。

「わたしもです」

慧の言葉に、空良は以前と同じ間をあけ、同じ言葉を返した。

「今日のことは忘れないよ」

「わたしもです」

流れる雲が、うっすらと橙《だいだい》に色づいていた。まもなく夜が明ける。明烏《あけがらす》が一羽、藍《あい》の空をよぎっていく。

空良が微笑んだ。

「ありがとう。慧さんなら、もう一度言ってくれると思ったよ」

彼女は顔を真っ赤にして彼の肩をこづいた。

「記憶が戻ってるなら、そう言ってください！」

空良が、ひとしきり笑ってから、彼女を抱きしめた。力の衰えた腕で、精いっぱい抱きしめた。

「お願いがあるんだ――」

そう言ったきり、言葉が出てこない。

空良の表情がとまどいに変わった。喉まで出かかっていた単語がとつぜん消えてしまったかのようだ。彼は目でそれを伝えようとしていた。だが、彼女が理解する前に、目からも言葉が消えた。

空良は消えた。

彼は慧にもたれるようにして崩れ落ちた。連絡を受けた恭一郎が駆けつけ、病院に運び込んだ。処置の甲斐《かい》なく、七日後、空良は死んだ。

第四章

未来

２０１９年４月11日　Ｙ大学医学部付属病院　Ｈ科　四〇一号室

目を開くと、見知らぬ天井があった。無機質な蛍光灯が瞬《またた》いている。

慧《けい》は数秒前まで、空良《そら》と一緒に横浜《よこはま》の街を歩いていた。二〇一七年十二月十日のデートだった。あの日は、空良とハンバーガーを食べた。彼はテリヤキ、わたしはチーズバーガーだ。店を出るとき、彼が躓《つまず》いて照れくさそうに笑った。誤魔化《ごまか》すようにわたしの手を取った。でも、彼はもういない。そう思った瞬間、彼が亡くなったときの記憶が始まった。駆け回る医師たちに、自分自身の嗚咽《おえつ》。最期のときが永遠に思えるほどに繰り返された。

どれほどの時間がかかっただろうか。思い出は過ぎさった。恐怖の残滓《ざんし》に震えながら体を起こすと、ベッドサイドの丸椅子《まるいす》に腰かけていた恭一郎《きょういちろう》が言った。

「戻ってきたね」

慧は右腕に刺さった点滴管に気づいた。股間《こかん》の感覚もおかしい。採尿用のカテーテルが入っているらしい。全身が重い。体を起こすだけで息が切れた。

「どれくらい寝ていたんですか？」

彼女の問いに、恭一郎が手元のバインダーを確認した。

「十三日と十一時間だ」

「そんなに？」道理で時間の感覚がないわけだ。いまは昼なのか、夜なのか。

「ループに入る前のことは覚えているかい？」

慧は目を閉じた。最後の記憶は恭一郎の研究室だ。彼女は椅子に座り、彼の質問に答えていた。窓の向こうで、外壁を這《は》う蔦《つた》の葉が風に揺れていた。灰色の蛾《が》が一匹、室内に入ろうと奮闘していた。蛾がぶつかるたびに、鱗粉《りんぷん》がかすかに跡を残した。その汚れは、レンタルビデオ店の窓ガラスを思い起こさせた。ガラスにはポスターを貼りつけていたテープの跡が残っていた。空良がはがそうと爪を立てていた。空良を見ていると、彼を残して風景が変わった。彼女のアパートの部屋だ。彼が『別れよっか』と言った。

恭一郎の声が割り込んだ。

「問診中いきなりループ？　どうなってるんだい？」

慧は側頭部を押さえた。いまにも記憶の渦にはまりそうだ。

「記憶から抜けられないんです」

恭一郎は眉間《みけん》にしわを寄せた。

天井の蛍光灯が再び瞬いた。切れかけている。点《つ》いては消え、消えては点く。

恭一郎がバインダーを叩いた。

「新しい治療法を試してみよう」

慧は首を横に振った。

「これでいいんです」

「いい？」

彼女は体を横たえた。

恭一郎がうろたえた。

「お、おい。新川《あらかわ》さん⁉」

先生、ごめんなさい。

彼女は心の中でつぶやき、記憶に戻った。

☆　☆　☆

慧は空良の葬式に参列していた。喪主《もしゅ》は彼の遠縁の叔父《おじ》だった。神経質そうな顔をした五十がらみの小男で、終始、迷惑そうな顔をしていた。式場は、神奈川区の隅《すみ》にある小さな斎場《さいじょう》の小さな部屋だった。空良は最低価格の白木の棺《ひつぎ》に押し込められていた。線香の数が妙に多く、部屋が白く煙っているように見えた。参列者はごくわずかだった。慧のほかは、恭一郎、店長、紗栄子《さえこ》、それに華《はな》。それだけだった。まだ若い僧侶《そうりょ》の読経《どきょう》のあと、彼の叔父がもぞもぞと何かを言って終わった。

続いて、空良が最期を迎えた病室の記憶が始まった。慧はベッドの脇で彼の手を握りしめていた。消毒液のにおいが鼻をついた。慧はひたすら奇跡を祈った。背後で扉が開いた。恭一郎が厳しい顔で入ってきた。

次に気付くと目の前にチョコレートケーキがあった。それに紅茶のカップ。周囲では女性客たちが、雑談に花を咲かせていた。向かいに座った空良が『大事なのは何を食べるかじゃなく、誰と食べるかだから』と笑った。

――ずっとこの幸せな記憶に浸《ひた》っていたい。

だが、また別の記憶が始まった。

慧の部屋で、空良が彼女を抱きしめた。力の衰《おとろ》えた腕で、精いっぱい抱きしめてくる。彼があの優しい声で言った。

『お願いがあるんだ――』

言葉が出てこない。

空良の表情がとまどいに変わった。喉《のど》まで出かかっていた単語がとつぜん消えてしまったかのようだ。彼は目でそれを伝えようとしていた。記憶の中、慧は必死に読み取ろうとした。もう少し、あとほんの少しだけ彼の目を見られればわかる。だが、理解する前に、彼の目から感情が消えた。彼が崩れ落ち、慧が受け止める。

――もう何回、この記憶を体験しただろう。

――空良さんはなんて言うつもりだったの？

――ぼくのことを忘れて？

――それとも、忘れないで？

――もちろん、忘れるはずがない。空良さんのことを覚えているのは、世界でわたししかいない。わたしがここにいる限り、空良さんは生き続ける。

☆　☆　☆

慧は、何百回、何千回、霧雨《きりさめ》の降る道で空良と出会った。

慧は、何百回、何千回、空良に告白された。

慧は、何百回、何千回、空良の死を感じた。

２０２２年４月３日　Ｙ大学医学部付属病院　Ｈ科　四〇一号室

脳波計が反応してから十五時間以上が過ぎていた。

窓の外は、ちょうど夜明けが訪れようとしていた。朝焼けの空が美しく輝いている。

「恋人が死んで眠り続ける、ですか」新人看護師がため息をついた。「そんな恋愛してみたい気もしますね。あれ？　そもそもは脳の傷のせいなんでしたっけ？」

恭一郎は小さく笑いながら、煎餅《せんべい》缶からビニール袋を取った。中には桜の押し花が入っている。これが箱に残った最後の〝キー〟だ。モニターを確認する。ここまでに使った〝キー〟――〝ＤＶＤ七枚〟〝カフェのレシート〟〝映画の半券〟など――で、意識はかつてなく表層に近づいている。

「いや、再生治療はうまくいったんだよ。物理的な損傷はほぼ治癒《ちゆ》したといっていい。あとは彼女次第だ」

恭一郎は、袋から花びらを取り出すと、慧の目の前にかざし、そのあとで彼女の掌《てのひら》の上に置いた。

２０２２年４月３日　千鳥ヶ淵《ちどりがふち》

慧はボートの上にいた。

千鳥ヶ淵だ。すぐにわかった。桜は満開だ。風が吹くたびに大量の花びらが舞い落ちる。

――いま、現実世界の季節はどうなっているのだろうか。一瞬、疑問が頭をかすめた。そもそも、わたしはどれほどの間、こうやって記憶に閉じこもっているのだろう。一週間？　一カ月？　一年？　それとも十年？　記憶の世界にいると現実の時間感覚がなくなってしまう。ひょっとしたら、何十年も過ぎて、いまは死の間際だったりするのだろうか。走馬燈《そうまとう》が果てしなく引き伸ばされ、永遠にこの世界にいるとか。

向かいには空良がいた。

慧は彼を見つめた。あの日、あのときの彼そのままだ。柔らかそうな髪の毛が額《ひたい》に垂れている。

「わたし、生きてます」

慧はあのときの言葉を繰り返した。記憶なのだから当然だ。

空良が顔を向けた。

「どう見ても生きてるよね？」

「そうじゃなくて、現在を生きているということです。空良さんに出会う前、わたしが生きているのは過去でした」

彼が顔を寄せた。

「いまは、また過去に生きている」

——おかしい。慧は思った。こんな会話をした覚えはない。

空良が微笑《ほほえ》んだ。

「記憶じゃないんだよ」

慧は体を起こし、手をボートの外に差し出した。手が水に濡《ぬ》れる。額につけると冷たかった。こんなことができるはずがない。記憶の中では、言葉も行動も、すべてが実際にあった通りに進むはずだ。

「夢なの？」

——でも、わたしは夢を見ないはずだ。

「それとも〝あっち〟から来てくれたんですか？」

空良は言った。

「意識が記憶の中にあっても、外の音は聞こえていたはずだよ。恭一郎先生の治療がうまくいったんだ。傷はもう治ってるよ」

慧は首を振った。

「〝あっち〟から来たって言ってください」

空良が彼女の髪をなでた。

「ぼくにもわからないんだ」

空を舞う桜の花びらがガラスのように輝いた。

彼が言った。

「ぼくの全部を忘れないよう、頑張ってたんだね」

慧は頷《うなず》いた。

「治ったのはわかってました。記憶の細部がどんどんあやふやになってるから」

桜の花は、落ちることなく宙を漂い続けていた。鳥の群れのようにうねり、散らばり、また集まる。いつのまにか、水面《みなも》にいるボートは彼らのものだけとなっていた。お濠《ほり》の上にいた花見客の姿もない。波がボートの側面を打つ音が、静かな世界に広がっていく。

「もう頑張らなくていいんだ」と、空良は言った。

慧は涙を堪《こら》えた。

――忘れたら、空良さんが消えてしまう。

彼が彼女を抱き寄せた。

「大丈夫。ぼくが記憶をなくしたときも、慧さんはぼくの中にいたよ。慧さんだって同じさ。ぼくを忘れるはずない。一緒に観《み》た景色、一緒に食べたもの、一緒に観た映画、そういうものは忘れても、ぼくはずっと一緒にいる」

「わたしの顔も名前も忘れてたくせに」

彼が、いっそう強く彼女を抱きしめた。

「それでも、覚えていたよ」

慧は彼の胸に顔をうずめた。

桜の花びらが、二人の周りに降り注ぎ、いつまでも舞い続ける。

やがて、空良が漂うひとひらをつかんだ。

「お願いがあるんだ――」

彼は彼女の手を取り、掌に花びらを乗せた。

「生きて」

彼女は、花びらを見つめた。もう片方の手でそれを摘《つ》まむ。

手首で涙をぬぐった。

彼が微笑みながら頷いた。

「さようなら。慧さん」

彼女も微笑んだ。

「大好きです。空良さん」そう言って花びらを、自分の頬《ほお》に当てた。


彼女は目覚めた。

※この作品はフィクションです。実在の人物・団体・事件などにはいっさい関係ありません。

集英社オレンジ文庫をお買い上げいただき、ありがとうございます。
ご意見・ご感想をお待ちしております。

● あて先
〒101-8050　東京都千代田区一ツ橋2-5-10
集英社オレンジ文庫編集部 気付
分玉雨音先生

さよならを言えないまま、1000回想う春がくる

集英社
オレンジ文庫

2019年5月22日　第1刷発行

著　者　分玉雨音
発行者　北畠輝幸
発行所　株式会社集英社
〒101-8050東京都千代田区一ツ橋2-5-10
電話【編集部】03-3230-6352
【読者係】03-3230-6080
【販売部】03-3230-6393（書店専用）
印刷所　大日本印刷株式会社

※定価はカバーに表示してあります

造本には十分注意しておりますが、乱丁・落丁(本のページ順序の間違いや抜け落ち)の場合はお取り替え致します。購入された書店名を明記して小社読者係宛にお送り下さい。送料は小社負担でお取り替え致します。但し、古書店で購入したものについてはお取り替え出来ません。なお、本書の一部あるいは全部を無断で複写複製することは、法律で認められた場合を除き、著作権の侵害となります。また、業者など、読者本人以外による本書のデジタル化は、いかなる場合でも一切認められませんのでご注意下さい。

©AMANE BUNGYOKU 2019　Printed in Japan
ISBN 978-4-08-680255-0 C0193

第3回ジャンプ

恋愛小説大賞

募集中

広義の恋愛要素を含む未発表作品を募集します。
ジャンプ小説新人賞、ジャンプホラー小説大賞、ジャンプ恋愛小説大賞に
同じ作品を応募することはできません。

賞金及び副賞

金賞:書籍化+100万円+楯+賞状
銀賞:賞金50万円+楯+賞状
銅賞:賞金30万円+楯+賞状
特別賞:10万円+賞状　読者賞:10万円

応募資格

不問（プロ、アマ問わず）

応募規定

40字×32行の原稿用紙換算で40枚〜120枚以内に相当するもの。

応募方法

公式HPの応募フォームより投稿してください。（WEBからの応募のみとなります）
※応募原稿はテキスト形式(書式なし)にしてください。ファイルを圧縮しての応募などは
ファイル破損の原因に繋がりますのでご遠慮ください。

選考

JUMP j BOOKS編集長及び編集部、読者審査員

詳しくはJブックスのHPで!!
http://j-books.shueisha.co.jp/prize/renai/